G. MEYERBEER

STRUENSÉE

PRIX : 2 FRANCS

PARIS

CHEZ LES ÉDITEURS,
RUE DU HELDER, 13

1869

STRUENSÉE

—

PRIX : 2 FRANCS.

STRUENSÉE

TRAGEDIA IN CINQUE ATTI

DI

MICHELE BEER

TRADOTTA IN VERSI ITALIANI

DA

ANDREA MAFFEI

ED IN FRANCESE DA

GIUSEPPE DE FILIPPI

Rappresentata sul Teatro Italiano di Parigi l'8 maggio 1869,
colla musica di **GIACOMO MEYERBEER**

sotto la direzione del Sr Bagier

———❖———

PARIGI

PRESSO GLI EDITORI, RUE DU HELDER, 13.

1869

STRUENSÉE

TRAGÉDIE EN CINQ ACTES

DE

MICHEL BEER

TRADUITE EN VERS ITALIENS

PAR

ANDREA MAFFEI

ET EN FRANÇAIS PAR

JOSEPH DE FILIPPI

Représentée sur le Théâtre Italien de Paris, le 8 mai 1869,

avec la musique de **G. MEYERBEER**

Sous la direction de **M. BAGIER.**

PARIS

CHEZ LES ÉDITEURS, RUE DU HELDER, 13.

1869

Paris, imprimerie Morris Père et Fils, rue Amelot, 64.

AVANT-PROPOS

Il ne sera pas inutile, nous pensons, de faire connaître en peu de mots la donnée du drame que l'on va lire, et quelques détails de sa propre histoire.

L'action se passe en 1772, sous le règne de Christian VII de Danemark, prince faible et maladif, succédé en 1770 à Frédéric V.

Un jeune médecin, Jean-Frédéric Struensée, fils d'un pasteur protestants, et homme d'une belle prestance et plein d'audace, sut si bien entrer dans les bonnes grâces du roi et surtout de la reine, Caroline-Mathilde d'Angleterre, femme dont le grand esprit, dit-on, égalait le cœur, qu'il devint bientôt premier ministre et comte de l'Empire.

Partisan des doctrines philosophiques qui préparaient la révolution en France et en Italie, Struensée se proposa de réformer les institutions et les usages de son pays d'adoption. Il proclama la liberté de la presse, l'égalité de condition devant la loi, et combattit les priviléges de la noblesse alors toute puissante en Danemark. De là, la sourde guerre que l'on fit au ministre, et qui aboutit à une conspiration formidable dirigée par la reine douairière, Julie-Marie, veuve de Frédéric V et belle-mère de Christian.

Une sédition militaire, non réprimée, commença à ébranler le crédit du ministre. Puis on l'accusa d'avilir la majesté de la couronne par des relations adultères avec la jeune reine, et d'offenser le sentiment national en voulant introduire dans le pays, la langue allemande et des fonctionnaires étrangers.

Struensée et la reine Mathilde furent jetés en prison. Le premier n'en sortit que pour marcher à l'échafaud ; la seconde, répudiée par son mari, finit ses jours dans l'exil.

Toutes ces circonstances se retrouvent dans le drame qu'on va lire, et qui est par conséquent d'une parfaite exactitude historique.

L'auteur, Michel Beer, né à Berlin en 1800, et mort à Munich en 1835 (1), avait écrit d'abord sur ce sujet une œuvre plus considérable ; il la réduisit lui-même à l'usage de la scène, et c'est ce second travail, représenté à Munich en 1827, puis à Berlin en 1846, qu'André Maffei a pris pour texte de sa traduction. Ernesto Rossi a encore éliminé avec beaucoup de discernement quelques longueurs qui nuisaient à l'action principale et dépassaient les proportions exigées par les habitudes du public de nos jours et de nos pays (2).

Giacomo Meyerbeer, l'illustre frère du dramaturge, a écrit pour ce grand drame une musique merveilleuse. L'ouverture, les entr'actes, les scènes du bal, de l'arrestation, de la prison et de l'exécution, la polonaise, les chœurs, sont passés à l'état classique, et les amateurs parisiens ont déjà eu plus d'une fois l'occasion de les applaudir au Conservatoire, à l'Athénée, aux Concerts populaires.

Quant au travail de Maffei, composé en 1849,

---

(1) Les Dictionnaires biographiques font mourir Michel Beer à Munich, le 22 mars 1823 ; mais c'est évidemment une erreur.

(2) Michel Beer a écrit en outre le *Paria*, drame en un acte, *Clytemnestre*, *les Fiancés d'Aragon*, *l'Épée et la main* tragédies en 5 actes. Une traduction française du *Paria*, par X. Marmier, fait partie du *Théâtre européen* (Paris, 1835). M. Chéron, dans son *Catalogue général* (resté inachevé), mentionne aussi une traduction française de *Struensée* (Paris, imp. de Pinard, 1834), mais nous l'avons vainement cherchée chez les libraires. En revanche, nous pouvons signaler sur *Struensée* un autre drame historique en cinq actes et en prose, d'Édouard Meyer. Mais nous ne croyons pas qu'il ait jamais été représenté.

interrompu puis repris en 1863, il est digne du traducteur de Schiller et de Byron. Le poëte italien, né dans l'aisance et vieilli sous la domination autrichienne, ne s'est pas signalé par des œuvres originales d'une grande importance; mais ses traductions et ses poésies fugitives resteront comme des modèles du genre. Le vers de Maffei, élégant et harmonieux, en même temps que correct et concis, n'a jamais besoin de sacrifier la fidélité du texte à la parure poétique.

Struensée, drame et musique, a déjà été représenté par Rossi, avec le plus grand succès, sur le théâtre de la Scala, à Milan, en 1863. Depuis, Rossi n'a pas eu l'occasion de renouveler cette heureuse tentative, qui exige un orchestre de premier ordre, des chœurs exercés, une mise en scène imposante et soignée. C'est le Théâtre-Italien de Paris, c'est son directeur, M. Bagier, qui aura la gloire de reprendre et de populariser un genre de spectacle destiné, croyons-nous, à un grand avenir.

J. D. F.

PERSONAGGI

CAROLINA MATILDE, principessa di Galles, sposa di Cistiano VII, re di Danimarca......................	Sᵣₐ AMALIA CASILINI
GIULIANA MARIA, vedova del re Federigo V, matrigna del regnante....	Sᵣₐ ANGIOLINA SAGGIARI
Conte FEDERIGO STRUENSÉE, ministro di Stato......................	Sᵣ ERNESTO ROSSI
Conte ENEVALDO BRANDT, primo camerlengo......................	Sᵣ EUGENIO CASILINI
Conte RANZAU-ASCHBERG, generale, membio del cessato Consiglio di Stato	Sᵣ PIETRO ROSSI
Colonello KOLLER, comandante d'un reggimento di cavalleria...........	Sᵣ SALVATOR ROSA
GULDBERG, consigliere a' servigi della regina vedova..................	Sᵣ ERCOLE CAVARA
SCHACK-RATHLOW, consigliere intimo	Sᵣ ENRICO ROSSI
LOVENSKIOLD, capitano della guardia norvegia......................	Sᵣ FAUSTO CRISTINI
Contessa UHLFELD. ⎫ dame della regina Matilde	Sᵣₐ GIUNIA CHIOLDI
Contessa REEZ..... ⎭	Sᵣₐ ENRICHETTA CASILINI
Sir ROBERTO KEITH, ambasciatore inglese alla corte di Danimarca.......	Sᵣ CARLO PERUCHETTI
Parroco STRUENSÉE, padre del ministro	Sᵣ GIACOMO BRIZZI
EMMA MOSTYNS, cameriera della regina Matilde...................	Sᵣₐ ADELINA PERUCHETTI
DETLEV, giovine di sedici anni, a' servigi del conte Struensée..........	Sᵣ LUIGI MAZZONI
GIOVANNI, servo del Parroco Struensée	Sᵣ LUIGI PISANI
Un OFFICIALE del reggimento Koller.	Sᵣ CARLO PERO
Un CAMERIERE......................	Sᵣ GENEROSO PERUGGI

SERVI DI CORTE, SERVI DEL MINISTRO, UN SACERDOTE, DAME DELLA REGINA, UFFIZIALI, CORTIGIANI, PAGGI, GUARDIE.

L'azione succede nell' anno 1772

NOTA. Per non violare l'armonia del verso con voci aspre di consonanti, fu data a molti nomi propri così di persone come di città, di paesi, ecc., la desinenza italiana.

PERSONNAGES

CAROLINE-MATHILDE, princesse de Galles, femme de Christian VII, roi de Danemark...................... Mᵐᵉ AMÉLIE CASILINI

JULIE MARIE, veuve de Frédéric V, belle-mère du roi régnant............ Mᵐᵉ ANGELINE SAGGIARI

Le comte FRÉDÉRIC STRUENSÉE, ministre d'état...................... M. ERNEST ROSSI

Le comte HENNEWALD BRANDT, premier chambellan.............. M. EUGÈNE CASILINI

Le comte de RANZAU-ASCHBERG, général, membre du ci-devant conseil d'État......................... M. PIERRE ROSSI

Le colonel KOLLER, commandant un régiment de cavalerie............. M. SALVATOR ROSA

GULDBERG, conseiller de la reine douairière...................... M. HERCULE CAVARA

SCHACK-RATHLOV, conseiller intime. M. HENRI ROSSI

LOWENSKIOLD, capitaine de la gorde norvégienne..................... M. FAUSTUS CRISTINI

La cˢˢᵉ UHLFELD ⎰ dames d'honneur ⎱ Mᵐᵉ JUNIE CHIOLDI
                ⎱ de la   ⎰
La cˢˢᵉ de REEZ. ⎱ reine Mathilde ⎰ Mᵐᵉ HENRIETTE CASILINI

Sir ROBERT KEITH, ambassadeur d'Angleterre...................... M. CHARLES PERUCHETTI

Le pasteur STRUENSÉE, père du ministre. M. JACQUES BRIZZI

EMMA MOSTYNS, femme de chambre de la reine Mathilde.............. M. ADELINE PERUCHETTI

DETLEV, jeune homme de seize ans, au service du comte de Struensée... M. LOUIS MAZZONI

JEAN, domestique du curé Struensée.. M. LOUIS PISANI

UN OFFICIER du régiment Koller...... M. CHARLES PERO

UN VALET DE CHAMBRE.............. M. GENEREUX PERUGGI

DOMESTIQUES DE LA COUR, VALETS DU MINISTRE, UN PRÊTRE, DES DAMES DE LA REINE, DES OFFICIERS, DES COURTISANS, DES PAGES, DES GARDES.

L'action se passe en 1772.

———

Pour ne pas violer l'harmonie du vers italien avec des aspérités germaniques, on a donné à quelques noms propres, de personnes ou de de lieux, la désinence italienne.

(*Note de* MAFFEI.)

ATTO PRIMO

—

Appartamento del Conte Struensée nel Castello di Cristiansburg, a Copenhagen.

SCENA PRIMA

DETLEV *ad un balcone aperto. Tre servi. Grida di soldati nella strada.*

    Viva il re! Viva il re!
1° SERVO *entrando ad un altro.*
    Qua, qua ne vieni!
    Vedrai meglio così. — Signor Detlevo!
    Diteci in cortesia, giacchè voi siete
    Nella grazia del Conte, ed i pensieri,
    Gl' intendimenti ne sapete quanto
    La stessa Maestà di re Cristiano;
    Perchè mai fu disciolta e congedata
    Sulla piazza real la valorosa
    Guardia norvegia? Grave danno! il fiore
    Dell' esercito nostro! A me fur cari
    Sempre i prodi norvegi.
P. S.   E qual delitto
    Loro s' appone? Che fece?
DET.   E siete certi
    Che si licenzi per castigo? Io penso
    Ben altrimenti.
P. S.   Che pensate adunque?
DET. Che la mira è ben altra. Assai più giova
    Lo Stato coniar l' argento e l' oro
    Che sprecarli in assise. Il picciol regno
    Troppi armati nudrisce; assottigliarne
    Il numero fa d' uopo; e il re per questo...
S. S. Non il re, dite il conte.
DET. *in aria di rimprovero.* Enrico!
S. S.   È cosa
    Che tutti sanno; ed essere un mistero
    Dovrà pe' servi suoi? Cristiano è infermo,
    Più non dura al lavoro. In briglia il Conte
    Tiene il paese, e se trattar la spada

ACTE PREMIER

—

Appartement de Struensée dans le château de Christiansbourg,
à Copenhague.

SCÈNE PREMIÈRE

DETLEV, *à un balcon ouvert. Trois domestiques.
Cris de soldats dans la rue.*

DETLEV. Vive le roi !

PREMIER DOMESTIQUE, *à un autre en entrant.* Viens
par ici tu verras mieux. Monsieur Detlev, puisque
vous êtes dans les bonnes grâces du comte et en
connaissez toutes les pensées mieux que le roi Christian, veuillez nous dire pourquoi donc on a dissous
et congédié la vaillante garde norvégienne. C'est
dommage ! c'était l'élite de notre armée. J'ai toujours
aimé ces preux norvégiens.

DOMESTIQUES. Et de quoi les accuse-t-on ?

DETLEV. Etes-vous certains qu'on l'ait licenciée
par punition ? Je pense le contraire.

DOM. Que pensez-vous donc ?

DET. Qu'on a eu un autre but. Il est plus utile pour
l'Etat d'employer l'or et l'argent à frapper des pièces
de monnaie que de les gaspiller en galons d'uniforme.
Ce petit royaume a trop de soldats ; il est bon de les
réduire, et le roi...

DEUXIÈME DOM. Dites le comte, non le roi.

DET., *d'un air de reproche.* Henri !

DEUXIÈME DOM. Tout le monde le sait, et nous en
ferions un mystère, nous ses domestiques ? Christian
est infirme et ne supporte plus le travail. C'est le
comte qui tient le pays en laisse, et s'il n'est pas
homme d'épée il se montre très-grand dans les affai-

Egli non sa, nel reggere lo Stato
Si palesa un eroe. Che professasse
L'arte medica è grido, ed oggi ei cura
La Danimarca. (*Voci di Soldati nella strada.*)
Viva!

P. S.   A cui tali viva? (*Va a vedere al balcone.*)
T. S.   Al Colonnello,
Cred'io, che lor comanda. — Oh come il Conte
Affretta il passo, e rapido trascorre
Dinanzi alla colonna! — Egli s'accosta...
Partiam! Qui non si trovi.

              (*I servi partono in fretta.*)
DET.   Abbietta feccia
Di servi! Un cor fedele al fianco suo,
Fuor di questo, non batte.

SCENA II

CONTE STRUENSÉE, COLONNELLO *KOLLER entrano ragionando al alta voce.* DETLEV *nel fondo.*

STR.   Oltre non voglio,
Colonnello, ascoltar. Sia vostra cura
Dar subita licenza a' comandanti
Della Guardia.
KOL.   Signore!
STR.   Una parola
Non aggiungete in lor difesa. Aperto
Ve lo dico. Costor... La pervicacia
Della intera colonna ha sol radice
In questi baldanzosi e turbolenti;
Anime temerarie, a cui non giova
Far cosa grata, e i semplici soldati
Non son che membra d'un capo ribelle.
KOL. Nel leggere ch'io feci il lor congedo
  « Viva il re » non gridaro?
STR.   E forse un altro
Triplice viva non tonò da cento
E cento voci al Colonnello?
KOL.   Onora
Ciò, con vostra licenza, il buon soldato,
Come il valente condottier. L'uom d'arme
Nel re vede un signore, e in chi lo guida
Un amico ed un padre.

res d'Etat. On sait qu'il exerçait la médecine. Aujour-
d'hui il soigne le Danemark.

SOLDATS, *dans la rue.* Vive !

PREMIER DOM. Vive qui? (*Il va voir au balcon.*)
TROISIÈME DOM. Vive le colonel, je crois. Voyez
comme le comte se hâte et passe rapidement devant
les rangs! il s'approche ; allons-nous-en ; il ne faut
pas qu'il nous trouve ici. (*Les domestiques sortent en
hâte.*)

DET. Vile race de valets! Il n'y a autour du comte
qu'un seul cœur fidèle, et c'est le mien.

SCÈNE II

LE COMTE STRUENSÉE, et le COLONEL KOLLER
entrent en causant à haute voix.

STR. Je n'en veux pas entendre davantage, colonel.
Ayez soin que les commandants de la garde reçoivent
aussitôt leur congé.

KOL. Seigneur !
STR. Pas un mot de plus. Je vous le dis franchement, ces gens-là sont seuls cause du mauvais esprit
qui règne dans tout le corps. Ils sont turbulents et téméraires et ne feraient chose qui vaille. Quant aux
soldats ce sont les bras d'une tête rebelle.

KOL. N'ont-ils pas crié : « Vive le roi ! » quand je
leur ai lu leur licenciement ?
STR. N'ont-ils pas crié aussi et par trois fois:
« Vive le colonel ? »

KOL. Cela prouve, vous le savez, le bon soldat et
honore le chef. Le soldat voit dans le roi un maître
et dans son colonel un ami, un père.

STR. *con impeto.*   Il dir tagliate,
Colonnello! La chiusa io vi perdono
Dell' impronto sermon. Se non sapessi
La rozza fedeltà del vostro cuore,
Notar forse io potrei di tracotanza
Questo ardito parlar; ma non ignoro
Che la causa reale è pur la vostra.
Vi ripeto perciò che senza indugio
Appagarmi vogliate, e dar commiato
Ai capi della guardia.

KOL.   Il corpo tutto
Sarà dunque disciolto?

STR.   È del monarca
Voler, che mescolati ad altre schiere
Sieno i gregari, e nulla più.

(Durante questo colloquio un paggio della regina entra in iscena, al quale Detlev fa cenno di tenersi discosto.)

SCENA III

DETLEV *prende al* PAGGIO *una lettera e la consegna al* CONTE, *dicendo:*

                      Da Sua
Maestà la Regina.

STR.   *(apre con ansietà la lettera e legge.)*
                  « Oggi vogliamo
» Il corsiere provar che piacque al nostro
» Fratello d' Inghilterra in grazïoso
» Dono mandarne. Il re vien pur con noi;
» E qualor, caro Conte, gravi affari
» Non vi fossero inciampo, assai contenti
» Saremmo di vedervi a questa prova
» Nel real nostro seguito. — Matilde. »
                    (Al Paggio.)
All' augusto suo cenno obbedïente
La regina m' avrà.   *(Il Paggio parte.)*
    (A Detlev.)   Che mi recate?
DET. Un infame libello or or ci venne
Dalla polizia, di cui più sozzo,
Più svergognato non osò la stampa
Fin qui mettere in luce.

STR., *avec force.* Taisez-vous, colonel. Je vous pardonne votre discours. Si je ne connaissais la rude fidélité de votre cœur, je pourrai trouver vos paroles insolentes ; mais je n'ignore pas que, la cause au roi est aussi la vôtre. Je vous répète donc, l'ordre de congédier sans retard les chefs de la garde.

KOL. Le corps tout entier sera donc dissous ?

STR. Telle est la volonté du roi. Les soldats seront incorporés dans d'autres régiments. C'est tout. (*Pendant cet entretien un page de la reine est entré, et Detlev lui a fait signe de se tenir à l'écart.*)

SCÈNE III.

(*Detlev prend une lettre des mains du page et la remet au comte en disant :*)

De la part de sa Majesté la Reine.

STR. *ouvre avec anxiété et lit.* « Nous voulons essayer aujourd'hui le cheval que notre frère d'Angleterre a bien voulu nous envoyer. Le roi viendra avec nous. Si les affaires de l'Etat ne vous en empêchent, j'espère, cher comte, que vous serez des nôtres. « Mathilde » (Au page.) Dites à la reine que je serai à ses ordres. (*Le page sort.*) (*A Detlev.*) Qu'y-a-t-il encore ?

DET. Un infâme libelle qui nous est transmis par la police. La presse n'a jamais rien produit de plus ignoble.

STR.   Il re n' è tocco?
DET. Il real nome è rispettato. Il vostro
  Però...
STR.   Soltanto il mio? Dunque lo scritto
Corra pur fra la gente. In Danimarca
Sia libera la stampa, e manifesti
L' animoso pensier d' ogni persona.
Franca dal suo giudizio alcuna fronte
Credere non si debba; un capo solo
Ne vada immune, e, pari a sacra cosa,
Alla comune opinïon sovrasti.
Parlo del re. Ma sudditi, ma servi
Sien tutti eguali al tribunal di questa
Giudice imperïosa ; e se tremendo
Torna ad alcuno il dritto suo, sè stesso
Non già la stampa n' accagioni. Udiste?
Privilegio nessuno io non m' arrogo
Sopra il più vil de' popolani. Vanne.   (*Parte.*)
DET. Signor!   (*Parte.*)

SCENA IV

KOLLER, *solo.*

    Mena pur vanto, e superbisci
D' aver, cieco qual sei, la maladetta
Fiaccola accesa nella patria nostra.
Ella te struggerà coll' edificio
Che tu levasti. Riversarti io voglio,
E tanto inabissar che all' ardua cima,
Su cui giugnesti, guarderai tremando,
E parer ti dovrà, la dileguata
Grandezza, il sogno d' una mente inferma.

SCENA V

KOLLER, *un* SERVO, *indi il* CONTE RANZAU.

SER. *al Conte Ranzau.*
  Tosto, o Conte, v' annuncio.   (*Parte.*)
KOL. *a Ranzau che si adagia dispettoso in una*
                seggiola.
                        Io non traveggo?

STR. Le roi en est-il l'objet?

DET. Le nom du roi est respecté, mais le vôtre...

STR. Le mien seulement? En ce cas, laissez passer. En Danemark, la presse doit être libre ; tout homme doit pouvoir manifester sa pensée. Personne ne doit se croire à l'abri du jugement de l'opinion ; un seul excepté pourtant, une seule tête sera sacrée, celle du roi. Mais les sujets doivent être tous égaux devant cette justice souveraine, et si quelqu'un a à s'en plaindre qu'il s'en accuse lui-même, non la presse. Avez-vous entendu? Des privilèges pour personne ; pas plus pour moi que pour le dernier homme du peuple. Allez ! (Il sort.)

DET. Oui, seigneur! (Il sort.)

SCÈNE IV

KOLLER seul.

KOL. Tu peux te vanter dans ton orgueil aveugle d'avoir allumé le flambeau de la discorde dans notre patrie. Il te brûlera toi-même avec l'édifice que tu as élevé. Je veux te renverser et te jeter si bas que tu regarderas en tremblant la hauteur d'où tu seras tombé, et ta grandeur passée te paraîtra le rêve d'un esprit malade.

SCÈNE V

KOLLER, UN DOMESTIQUE ensuite le comte RANZAU.

DOM., à Ranzau. Je vais vous annoncer monsieur le comte. (Il sort.)

KOL., à Ranzau qui se jette avec dépit dans un fauteuil. Je ne me trompe pas ? Quoi? Un Ranzau chez le ministre? On voit bien que la fortune lui sou-

Al ministro un Ranzau? Bene a seconda
La fortuna gli va, se batte a queste
Porte la perla del patrizio sangue,
E il maggior suo nemico.

RAN.   Avverso, è vero,
Gli son, nè mi nascondo. Un tempo amato
E difeso ho quest'uomo; anzi il cammino
Periglioso gli schiusi alla salita.
Ora io l'odio, e n'ho donde. Il grado mio
Non mi vien nè da lui, nè dal monarca :
Da Dio mi viene e da' miei padri, e grato
Ad altri non ne son. Ma quale offesa,
Qual onta a voi recò che bieco in volto
Ne parlate cosi? Voi pur gli siete
Di benefici e di favori avvinto;
E mordete la man che vi sorregge?

KOL. Sia maledetto il suo favor!... Ma quando
Piacciavi d'ascoltarmi, ogni stupore
Presto in voi cesserà. Assegnamento
Faccio su voi. Svelarvi il mio segreto
Con fiducia io diviso, anzi che il piede
Irrevocabilmente in quelle soglie
Sciagurate vi porti.

RAN.   Udir da voi
Debbo io ciò, Colonnello? Or via, parlate!

KOL. La mia fè non gli diedi. In Prussia vidi
Costui la prima volta. Era cessata
La guerra, e riposava io pur dall'armì.
Medico già famoso, ancor che d'anni
Giovane, egli era, e con eloquio audace
Molto dicea di gloriosi calli
Schiusi a' crescenti ingegni. Io qui ne venni,
E servigio pigliai nel reggimento
Alemanno. Legami intimi io strinsi
Col medico gentile. Quando un giorno
Conoscere io gli feci una fanciulla
Da me, più mesi, amoreggiata. Il sole
Vista mai non avea più cara e vaga
Creatura di questa. A lei sommesso,
Come un umile schiavo era il mio core,
E di lei tutto pieno il mio pensiero.
Quello spirto infernal, perturbatore
Della mia pace, l'abbagliò. Vederlo,

rit si la perle des patriciens et son plus grand ennemi vient frapper à sa porte.

RANZ. Je suis son adversaire, je ne m'en cache pas. Autrefois, j'ai aimé et défendu cet homme ; je lui ai même ouvert le chemin périlleux de la fortune. Maintenant je le hais et à bon droit. Ce n'est pas de lui ni du monarque que je tiens mon rang, mais de Dieu et de mes pères. Je n'ai donc pas de reconnaissance à lui garder. Mais vous, que vous a-t-il fait pour en parler avec tant d'amertume ! Vous êtes son obligé, il vous a comblé de faveurs, et vous mordez la main qui vous est tendue ?

KOL. Maudite soit sa faveur ! Si vous aviez le temps de m'écouter, votre étonnement cesserait. Je compte sur vous. Je veux vous dévoiler mon secret avant que vous passiez le seuil de cette porte.

RANZ. C'est vous, colonel, qui me parlez ainsi ? Allons, je vous écoute.

KOL. Je ne lui ai pas donné ma foi. J'ai rencontré cet homme tout d'abord en Prusse. La guerre venait de finir. Struensée, déjà fameux comme médecin, quoique jeune, parlait beaucoup et avec audace des voies glorieuses ouvertes aux hommes de talent. Je vins en Danemark, et je pris du service dans le régiment allemand ; c'est ici que je me liai avec l'aimable médecin. Un jour je lui présentai une jeune fille que j'aimais depuis plusieurs mois. Le soleil n'avait jamais vu sur terre une créature plus charmante. Mon cœur m'avait soumis à cette beauté comme un humble esclave ; elle était ma seule pensée. Mais cet homme infernal parvint à l'éblouir et me ravit mon bonheur. Le voir, l'entendre, l'aimer, ce fut pour elle l'affaire d'un instant.

Udirlo ed invaghirsene, fu l' opra
D'istante per lei.

RAN.   D' un foco arcano
>Splendono gli occhi suoi, che delle donne
>Scende al cor, come fulmine, e lo avvampa.

KOL. Sorge il dì del viaggio. Egli s' aggiugne
>Al reale corteggio, ed un pensiero
>Quasi non volge al dolor disperato
>Di quella derelitta, che si strugge
>In lagrime per lui. — Ritorna alfine.
>Con quale ardor quell' anima fedele
>Vola al reduce incontro! Oh, ma gelato
>S'era il cor di colui nel lusinghe
>Ambizïose della vita! e dona
>Pochi e freddi momenti ai caldi preghi
>Della fanciulla innamorata. In questo
>Il favor della giovine reina
>Piove sul disleale, e l' aurea porta
>Dell' avvenir d' un tratto a lui si schiude.
>La povera deserta (immaginate,
>Conte, qual fosse il mio dolor!) con occhi
>A velarsi vicini e quasi spenti,
>Vide del traditor gli indegni onori,
>E morì perdonando. Un giuramento
>Terribile fec' io di vendicarne
>L' acerba fine, e lo terrò.

RAN.   Nemico
>Gli siete, o Colonnello : ora vi credo.
>Ma la causa non è di Danimarca
>Questa, è la vostra.

KOL.   La mia causa, o Conte,
>Quella pur vi parrà d' ogni Danese.
>Udite : Congedar le meglio schiere
>Dell' esercito osò : la bella e prode
>Guardia alla nostra Nobiltà fedele.
>E chi far non temè quest' arrischiato
>Passo, tremare, impallidir vid' io
>Per un « Viva » d' armati. Ecco il momento.
>Teme quest' uomo di cader. Quest' uomo
>Cadrà. Tutto è disposto ; e...

RAN. *interrompe.*   Come?

KOL.   Un patto
>Fu chiuso. A voi! *Gli porge un foglio.*)

RANZ. En effet les yeux de cet homme brillent d'un éclat mystérieux qui éblouit les femmes et les subjugue.

KOL. Vint le jour du voyage. Struensée fit partie du cortège royal sans se soucier de la douleur de cette malheureuse. A son retour la femme fidèle vole à sa rencontre ; mais le cœur de cet homme s'était glacé sous le souffle de l'ambition ; il n'a plus que de courts instants, que des paroles froides pour la jeune fille illusionnée. Sur ces entrefaites la faveur de la jeune reine vint ouvrir à cet homme la porte dorée de l'avenir. La pauvre abandonnée (pensez comte, à ma douleur) assista en se mourant à l'indigne élévation du traître et mourut en pardonnant. Dès lors je fis le serment de venger sa mort cruelle et je le tiendrai.

RANZ. Je crois maintenant que vous êtes son ennemi, colonel ; amis ce n'est pas la cause du Danemark, c'est la vôtre.

KOL. Ma cause, comte, deviendra celle de tous les Danois. Veuillez m'écouter. Il a osé licencier les meilleures troupes, la belle et vaillante garde de notre fidèle noblesse. Eh bien ! j'ai vu celui qui a eu ce triste courage, pâlir à un *vivat* poussé par les soldats. Le moment est venu. Cet homme craint de tomber, il tombera, tout est prêt...

RANZ. Comment ?
KOL. Un pacte a été conclu. (*Il lui donne un papier.*) Lisez.

Leggete!

RAN. *guarda la soprascritta.* « Al Colonnello
    Koller » — Che? di Gulberga, anima e braccio
    Della vecchia reina? È di quel fine
    Mariuol questo foglio?

KOL.   Mariuolo,
    Quanto vi piace, ingannator, bugiardo
    Come il serpe; ma d' uopo abbiam di lui,
    Conte, perchè devoto a Giulïana
    Ed a' nostri disegni.

RAN. *legge.*   « In questa sera
    » V' attende, o Colonnello, al suo palagio
    » La real mia Signora, ove la stessa
    » Maestà Sua conoscere le illustri
    » Persone vi farà de' convitati
    » Alla festa che dar l' augusta madre
    » Divisa al re suo figlio. Il tempo e il dove
    » Dal suo labbro saprete, in un segreto
    » Consiglio. — Signor mio! la vostra voce
    » È fra tutte efficace ed ascoltata,
    » Nè dovete mancar. Di mezza notte
    » (Badate!) a mensa ne poniam. — Gulberga »
    Mensa in cui scorrerà di sanguinoso
    Vino un ruscello!

KOL.   Il suo, non altro, o Conte.
    Posso io dunque sperar che ne venite?

RAN.   È certo
    Che salvar non si possa?

KOL.   È certo, o Conte!
    Nè pei tesori del Perù vorrei
    Che salvar si potesse! — Ardisco io dunque
    Sperar nel vostro assenso? Alla regina
    M' è lecito annunciarvi? A cor tranquillo
    Attendere saprò la sospirata
    Alba della vendetta, ove il potente
    Vostro nome, o Ranzano, all' alta impresa
    Metta il suggel. S' accosti un tanto senno
    Alla nostra bandiera, e del trionfo
    Siamo securi : e quando a noi fallisse,
    Quando voti, speranze ed ardimento
    Ci tornassero vani, un maschio capo
    Porterem, con piè fermo, alla mannaja. (*Parte.*)

RANZ., *lisant la suscription.* Au colonel Koller. Quoi ! C'est l'écriture de Guldberg, l'âme et le bras de la vieille reine? Cette lettre est donc de ce drôle raffiné ?

KOL. Drôle tant que vous voudrez, menteur, trompeur, comme le serpent, mais nous avons besoin de lui, comte, car il est dévoué à la reine Julie et à nos desseins.

RANZ., *lisant.* Ma royale maîtresse vous attend colonel, ce soir, en son palais ; Sa Majesté vous fera connaître elle-même les personnes illustres invitées à la fête qu'elle donne à son fils. Le temps et le lieu, vous les saurez de sa propre bouche dans un conseil secret. Ne manquez pas, car votre avis est réclamé et écouté entre tous. A minuit (notez bien), on se mettra à table. Guldberg. «Voilà un banquet où le vin peut couler à flots sanglants.

KOL. Nous ne voulons d'autre sang que le sien, comte. Puis-je espérer que vous serez des nôtres?

RANZ. Etes-vous certain qu'il ne pourra se sauver ?

KOL. Parfaitement certain et je ne voudrais pas le laisser sauver pour tout l'or du Pérou. Puis-je donc compter sur vous et vous annoncer à la reine ? J'attendrai ainsi, avec le cœur tranquille, le jour tant désié de la vengeance ; le jour où votre nom puissant viendra couronner la noble entreprise. Avec une tête comme la vôtre sous notre drapeau et nous sommes surs du succès. Si, au contraire, nous manquons le but, si nos espérances sont déçues, notre courage trahi, eh bien ! nous saurons marcher virilement au supplice. (*Il sort.*)

SCENA VI

RANZAU, *solo.*

Va pure, e turba per la tua vendetta
La pace a questo regno. Ad altro fine
Mira il mio core. Oh solo io pur potessi
Giungere a meta! ma non posso. È forza
Che guardingo io proceda, a partigiani
Spregevoli mi stringa, e lega io faccia
Con quest' abbominevole regina
A me tanto odiòsa. Io da gran tempo
Ne conosco i disegni, e non m' è scuro
Con qual arte costei, con quale ingegno
Questo Koller non pur, ma ben migliori
Di lui, sappia tirar nelle sue reti.
Ma sciormene io saprò; da lei, da tutta
La sua turba spiccarmi, e col mio saldo
Animo solo avventurar l' impresa
Per incerta che sia... Già non m' inganno,
Egli stesso qui giunge.

SCENA VII

RANZAU e STRUENSÉE, *in abito cavalleresco.*

STR.   Io no, non sogno;
Voi qui, Conte Ranzau? Non aspettata
Visita che mi allegra e mi sorprende.
Benvenuto, Signor, qualunque sia
La cagion che vi adduca.

RAN.   Il benvenuto
Chi vien col lacerato animo mio
Esser non può.

STR.   Conforti, ajuti offrirvi
Potrei?

RAN.   Per me non ne abbisogno.

STR.   Afflitto
Per altri siete voi? per la sventura
D' alcun amico?

RAN.   Lo diceste. Io piango
D' un caro amico la sventura.

SCÈNE VI

RANZAU *seul*.

Va, Va troubler par tes vengeances la paix de
ce royaume. Mon cœur vise plus haut. Oh si je pouvais arriver à mon but ! Mais non ! il faut avancer
avec précaution, me joindre à de méprisables sec-
taires, me lier à cette abominable reine qui m'est si
odieuse. Il y a longtemps que je connais ses desseins
et que je sais avec quel art elle a su attirer ce Koller
et bien d'autres meilleurs que lui. Mais je saurai à
mon tour me débarrasser d'elle et de toute sa suite,
et m'appuyant sur mon courage à toute épreuve, je
tenterai seul l'entreprise quelque difficile qu'elle soit.
Mais je ne me trompe pas : le voici lui-même.

SCÈNE VII

RANZAU ET STRUENSÉE *en habit de chevalier*.

STR. Est-ce que je rêve ? Vous, comte Ranzau en
ce lieu. Cette visite inattendue me réjouit autant
qu'elle me surprend. Quelle que soit la cause qui
vous amène, soyez le bienvenu, comte.

RANZ. Celui qui vient avec le cœur déchiré ne saurait être bienvenu.

STR. Pourrais-je vous être utile, vous consoler au
moins ?
RANZ. Je n'en ai pas besoin.
STR. C'est donc pour d'autres que vous êtes affligé ?
le malheur de quelque ami ?

STR. Vous l'avez dit. Je déplore le malheur d'un
ami.

STR.   Fate
　　Ch'io lo sappia, o signor. Dovere è il mio
　　Di stendergli una man soccorritrice.

RAN. Tale è il vostro dover. La mano adunque
　　Stendete alla mia patria.

STR.   Il caro amico
　　Quest'è? Nel vostro petto un cor non batte
　　Per lui, più caldo, più leal del mio.

RAN. Questo suol non v'è patria e di quest'onde
　　Baltiche il mormorar non vi accarezza,
　　Quasi una melodia degli anni primi.
　　Che importar ponno mai le istorie nostre,
　　Le nostre imprese a voi straniero?... Il tema
　　M'ha sfiorato le labbra, e commentarlo
　　La parola dovrà che vien dal core.
　　Per questo a voi ne venni. Il vero udrete
　　Come a soldato e gentiluom s'addice.

STR. Son Vero e Libertà due voci d'oro
　　D'egual suono per me, sia nella bocca
　　Dell'uom patrizio o del vulgar.

RAN.   « Dell'uomo
　　Patrizio o del vulgar? » Per vostro avviso
　　L'uom d'antica progenie un privilegio
　　Dunque non ha sull'ultimo del volgo?
　　Ricca di fasti gloriosi, o Conte,
　　È la danese Nobiltà, nè tanti
　　Ne vantano i suoi re. Dalle tempeste
　　D'una età scompigliata, ella soltanto
　　Salvò le sue franchigie, i dritti suoi ;
　　L'anima ell'è, la vita, onde s'informa
　　Questo popolo egregio, e sterminarla,
　　Come parmi vorreste, un dargli morte
　　Sarebbe, e l'infallibile caduta
　　Preparar sordamente a tutto il regno.

STR. E che? Non vi sovvien come voi stesso,
　　Conducendomi primo in questa corte,
　　« Il re, mi dicevate, è in triste mani. »
　　Ma forse eran migliori allor ch'io n'ebbi
　　La sua fiducia e il suo poter? La boria,
　　E la gonfia ignoranza i seggi primi
　　Si partiano fra loro ; e mentre i buoni
　　Nel bujo eran lasciati, una ciurmaglia
　　Di giovani patrizi percorrea

STR. Indiquez-le moi, seigneur ; il est de mon devoir de lui tendre une main secourable.

RANZ. C'est votre devoir en effet. Tendez donc la main à ma patrie.

STR. C'est là votre ami ? Je crois pourtant que votre cœur ne lui est pas plus dévoué que le mien.

RANZ. Ce pays ne vous a pas vu naître. Les vagues de la Baltique ne résonnent pas à votre oreille comme une mélodie de l'enfance. Que vous importe notre histoire, à vous, étranger ? Je n'ai fait qu'indiquer le sujet de ma douleur, mais je vous l'expliquerai. C'est pour cela que je suis venu. Vous entendrez la vérité de la bouche d'un soldat, d'un gentilhomme.

STR. La vérité et la liberté sont des expressions agréables à mon oreille, qu'elles viennent de la bouche d'un homme du peuple ou d'un patricien.

RANZ. D'un homme du peuple ou d'un patricien ? Ainsi le descendant d'une race antique n'a pas plus de valeur à vos yeux que le dernier des manants ? La noblesse danoise est riche de ses fastes glorieux ; ses rois eux-mêmes n'en peuvent vanter autant. Au milieu des tempêtes d'un siècle de désordres elle seule a sauvé ses franchises et ses droits ; elle est l'âme, elle est la vie de ce peuple valeureux ; l'exterminer comme vous voudriez le faire, ce serait tuer le Danemark lui-même, ce serait préparer la chute du trône.

STR. Quoi ! avez-vous oublié que vous même en m'amenant à cette cour, me disiez : « Le roi est en de tristes mains? » Etaient-elles meilleures lorsque je fus investi de la comfiance du roi? L'orgueil et l'ignorance occupaient les postes les plus éminents, et pendant que les hommes de mérite étaient laissés dans l'oubli, une clique de jeunes patriciens tenait tous les

La lunga scala degli uffici; e gl' imi
Gradi varcando con audace salto
Al governo ascendea, che sol mature
Menti e da lunga esperienza istrutte,
Regger ponno a fatica.

RAN. *sorride.*   Qual meraviglia
Che la prole dell' aquila s' attenti
Spiegar l' ali animose incontra al sole
Più che gli umili vanni alzar non osi
Un passere plebeo?

STR.   Ma pur coraggio
Di tárpare, io mi feci a questa prole
Aquilina le penne, e dare un freno
Alla imberbe albagia con forti leggi;
Tal che più non vedrem sul fiammeggiante
Carro sedersi dello stato un novo
Malesperto Fetonte. E voi potreste
Biasmarmene? Suppor che immiserisca
La Danimarca se più non affolla
Una impudente ambiziosa turba
D' inetti il proprio re? Se l' uom di villa
Non volge alla metropoli lo sguardo
Come pria lagrimoso? a quelle mura,
Dico, ove spesso il suo duro signore
Sprecò nell' orgia d' una notte i frutti
Che al sudor della fronte ed alle braccia
Incallite del povero bifolco
Dà l' ingrato terreno? Iti or son que' giorni,
La Dio mercè! Le fonti esauste sono
Di quel dispendio inverecondo, e vuole
Fin lo stesso monarca ogni soverchio
Splendor deporre; ed oggi ancor discioglie
La sua guardia norvegia.

         (*Fissa gli occhi in Ranzau.*)
         Ora vedete
Conte, che se malata è Danimarca,
Il farmaco io conosco, onde la vita
Del caro amico riscattar.

RAN.   Lo veggo
Con qual arte sagace ogni difesa
Voi togliete a' patrizi e n' agguerrite
Del popolo la mano. A suo capriccio
(Fin qui cosa inaudita!) or può ciascuno

emplois et s'élançait à la tête des affaires sans en avoir la capacité.

RANZ., *souriant*. Quoi d'étonnant que les rejetons de l'aigle osent affronter le soleil mieux que de vils oisons et des passereaux ?

STR. Cependant j'ai entrepris de couper un peu les ailes à ces aiglons orgueilleux. Nous ne verrons plus le char de l'Etat livré à un imberbe phaéton qui le fait trébucher. Et vous pouvez m'en blâmer ? Vous pensez que le Danemark déchoit parce qu'une foule d'ambitieux sans pudeur n'entoure plus le roi ? Parce que le paysan ne fixe plus ses yeux en larmes sur les riches de la capitale ? Parce qu'il ne voit plus son maître cruel gaspiller dans les orgies le fruit du travail du pauvre agriculteur ? Dieu merci ! ces jours sont passés. Les sources de ce honteux gaspillage sont taries ; le roi lui-même renonce à toutes ces splendeurs superflues et aujourd'hui encore il a licencié sa garde norvégienne. (*Il fixe le regard sur Ranzau.*) Maintenant vous voyez, comte, que si le Danemark est malade, je connais le remède qui sauvera l'être que nous aimons.

RANZ. Je vois avec quel art raffiné vous enlevez toute force à la noblesse pour en doter les mains du peuple. Chose inouïe jusqu'à ce jour ! Chacun peut maintenant confier à la presse les audaces sans bornes de la pensée.

L' infinita baldanza del pensiero
Alla stampa affidar.

STR.   Non debbo, o Conte,
Al popolo impedirlo. Aperto e franco
Manifesta così ciò che nel chiuso
Serba del cor.

RAN.   Voi siete orbo degli occhi,
Nè il baratro vedete a cui vi guida
Un fatale cammin. V' è tempo ancora;
Ritraetene il piede; a' miei consigli
Date orecchio, vi prego.

STR.   Affè mi sembra
Che poniate in obblio come la sola
Maestà del monarca a voi favelli
Pel suo ministro. Se desia del trono
Dirsi puntello e del suo re difesa,
Pieghi il patrizio obbediente il capo
Al sovrano voler.

RAN.   Mal v' infingete,
Signor, coll' uomo esperto, e d' abbagliarlo
Sperate invan col fatüo splendore
D' una vacua parola. A me lo spettro
Dell' infermo Cristiano appresentate
Come un sovrano? Quèl debole capo
Da gran tempo depose il grave incarco
Della corona. E chi la porta, o Conte?
Al suo figlio real venne la madre
Strappata.

STR.   Il Conte di Ranzau, per voce
Comune, ha il cor sul labbro. Or non mi parla
Quel nobil core. Rammentar vi piace
La vedova regina,

                     (Gli si avvicina)
                     ed a quel tempo
Non vi corre il pensier quando in Asberga,
Sotto l' ombra d' un tiglio, a me pingeste
Colei seduta di suo figlio a lato,
Come un' Ate, una furia agitatrice
Della regia famiglia? Ed or dovrebbe
Il malefico influsso un' altra volta
Gli augusti sposi perturbar? Di novo
Por nell' anime loro il maledetto
Seme della discordia, e nelle vene

STR. On ne saurait le défendre au peuple. Par ce moyen il manifeste librement, franchement ce qu'il gardait autrefois au fond du cœur.

RANZ. Vous êtes un aveugle qui ne voyez pas l'abîme où vous mène ce fatal chemin. Arrêtez-vous. Il en est encore temps. Cédez à mes conseils, c'est moi qui vous en prie.

STR. Je crois vraiment que vous oubliez que par la bouche du ministre c'est le roi qui vous parle. Si la noblesse désire sincèrement soutenir le trône, qu'elle commence par obéir aux volontés du roi.

RANZ. C'est à tort que vous cherchez à feindre avec moi et que vous croyez en imposer par des paroles sonores à ma vieille expérience. Vous prétendez faire passer pour un souverain le spectre de l'infirme Christian. Il y a longtemps que cette faible tête a déposé la trop lourde charge de la couronne. Et qui la porte à sa place ? Son royal fils a été privé de sa mère.

STR. Le comte de Ranzau passe pour avoir le cœur sur les lèvres; mais en ce moment ce n'est pas son noble cœur qui me parle. Vous avez donc oublié la reine douairière. (*Il s'approche de lui.*) Vous ne pensez plus à ce temps, lorsque, nous promenant sous les tilleuls d'Asberg vous me peigniez cette femme assise à côté de son fils comme une athée , comme une furie, poursuivant la royale famille. Et maintenant je laisserais sa magnifique influence venir troubler de nouveau la paix d'augustes époux? Semer la discorde entre eux et infiltrer dans les veines de la jeune et aimable reine le venin de ce basilic ?

Della fiorente, amabile regina
Stillar quel basilisco il suo veleno?

RAN. « Della fiorente, amabile regina?
A tempo ne parlate. Alfin la inglese
La maschera si trasse, onde noi fummo
Ingannati, delusi. Ad uno scettro
Indiviso aspirava, ed ha raggiunto
L'intento suo; talchè ciascuno in forse
Chiede se la regina è nelle vostre
Mani un mero balocco, ovver se tale
Siete voi nelle sue.

STR. *sorge.*   Non più, signore!
Questo è troppo. L'audacia ho perdonata,
Ma l'oltraggio non soffro. Uscite, o Conte!
Pien di fele veniste, e pien di fele
Di qui v'allontanate; e non che darmi
La mano, all'elsa la ponete. All'elsa
Io similmente la porrò.

RAN.   La guerra
Fra la legge e il capriccio è guerra eterna:
Quella io voglio, voi questo. È meglio dunque
Che divisi restiamo. (*In atto di partire.*)

STR. *trattenendolo,*   Una parola
Ultima, o Conte! Ignobile concetto
Farvi, io penso, di me voi non potete,
Se coll'odio nel core e col disegno
Di volgere al potente ingiuste accuse
Questa soglia varcaste, e non punito
Dell'ardir, ve ne uscite. Ora il capriccio
Del ministro v'è noto.   (*Ranzau via.*)

SCENA VIII

STRUENSÉE, *solo.*

Oh va superbo!
Collo sprezzo lo sprezzo a te rimuto.
Oltraggiar non osò quel nome istesso?
Il nome suo?... (*Si copre colle mani il volto.*)
Me misero! Tradito
Mi son!... Quel nome rifluir mi fece
Tutto il sangue nel volto, e ruppe il sonno
Al segreto fatal che in petto io chiudo.
(*Si getta in una sedia e vi rimane qualche tempo
silenzioso e sepolto ne' suoi pensieri. Pausa.*)

RANZ. De la jeune et aimable reine, enfin vous avez dit le mot ; l'Anglaise paraît enfin sous le masque qui nous a trompé jusqu'ici. Elle aspirait à régner seule, et elle y est parvenue ; si bien que chacun se demande si c'est la reine qui est un jouet entre vos mains ou vous entre les siennes.

STR., *se levant.* Assez, monsieur, c'en est trop ! J'ai pardonné votre audace, mais je ne souffrirai pas l'outrage. Sortez, comte ! Vous êtes venu ici plein de fiel et vous vous en allez en colère. Au lieu de me donner la main, mettez-la à votre épée, je la mettrai à la mienne.

RANZ. La guerre entre la loi et l'arbitraire est éternelle ; de ces deux choses vous voulez la seconde et moi la première. Il vaut donc mieux que nous nous séparions. (*Il va pour partir.*)
STR., *le retenant.* Un dernier mot, comte. Vous ne devez pas garder de moi mauvaise opinion. Vous avez pénétré céans avec l'idée d'accuser injustement un homme puissant, et vous sortez impuni. Cela vous donne la mesure de l'arbitraire du ministre. (*Ranzau sort.*)

SCÈNE VIII

STRUENSÉE *seul.*

Va donc orgueilleux ; si tu me méprises, je te le rends bien. Oser outrager *son* nom même, son nom ! (*Il se couvre la figure de ses deux mains.*) Malheureux que je suis ! j'ai peut-être trahi mon secret ! Le nom de la reine m'a fait monter la rougeur au visage et a brisé le rêve dans lequel je me berçais. (*Il se jette dans un fauteuil et reste quelque temps absorbé dans ses pensées. Vingt mesures de musique.*)

3

SCENA IX

Il PARROCO STUENSÉE *entra,* CONTE STRUENSÉE.

STR. *si riscuote e s' incontra cogli occhi nel padre.*
Bontà divina, il padre mio! Ti stringo
Finalmente al mio seno, amato padre!

PAST. Figlio?

STR.   Soave suon della paterna
Voce! Da quanto tempo io sospirai
Questa gioja infinita! Oh, ma la dolce
Vista del padre non si offerse al figlio,
Da poi che il sole del favor regale
L' irradiò! Che almeno ora lo sguardo
Nel caro aspetto lungamente io sbrami!
       (*Il padre volge addietro la faccia.*)
Come, o padre? Mi celi il desïato
Sembiante tuo? Ma forse a me lo ascondi
Perchè non vegga le tracce profonde
D' un gran dolore?... Oh Dio! non chiesi ancora
Della buona mia madre... Ov' è la madre?

PAST. Partì.

STR.   Morta?

PAST.   Suo figlio ha benedetto.
Il nome tuo fu l' estrema parola
Che le uscì dalle labbra. Io te lo porto.

STR. L' estrema il nome mio? Mandaro un santo
Raggio per me le sue luci appannate,
E Dio negommi di vederlo? Ahi lasso!
Quel cor pieno d' affetto è nel sepolcro?
Infelice! infelice! Una grandezza
Profana mi scostò da quelle sacre
Coltrici, nè potei della morente
La voce ultima udir che al suo lontano
Figliuol benedicea!... Sospiro un solo
Ora, ed invano, de' materni sguardi!
   (*Lungo silenzio. Padre e figlio assorti in muto
            dolore.*)

PAST.   Ben tristo e grave incarco,
Padre mio, t' imponesti! A me non vieni
Per veder la mia possa, il mio splendore,
Tu vieni allor che un tumulo mi toglie

SCÈNE IX

Le Pasteur STRUENSÉE, *entre*, le comte STRUENSÉE.

STR., *il tressaille et ses yeux se rencontrent avec ceux de son père.* Bonté du ciel ! mon père ! Je te serre enfin sur mon cœur, père bien aimé !

PAST. Mon fils !

STR. Douce voix paternelle ! Depuis combien de temps j'ai soupiré après cette joie infinie ! Depuis que le soleil de la faveur royale m'a inondé de ses rayons je n'ai jamais joui de ce bonheur. Laisse-moi donc te regarder longtemps. (*Le père détourne son visage.*) Quoi ! mon père ! tu me caches ton visage ? Tu veux peut-être dissimuler les traces d'une grande douleur? Mon Dieu ! Je ne t'ai pas encore demandé des nouvelles de ma bonne mère. Où est-elle ?

PAST. Partie !

STR. Morte !

PAST. Elle a béni son fils, ton nom a été sa dernière parole, Je viens te l'apporter.

STR. Sa dernière parole ! mon nom ! Ses yeux ont jeté pour moi un dernier regard et Dieu m'a refusé de le voir ! Malheureux que je suis ! Ce cœur plein d'amour est au tombeau. Malheureux ! une ambition profane m'a éloigné de ce chevet sacré et je n'ai pu entendre le dernier soupir de la mourante qui de loin bénissait son fils! C'est en vain que je regrette maintenant le regard maternel ! (*Long silence. Le père et le fils sont absorbés par une profonde douleur.*) Mon père ! Tu t'es imposé une mission bien triste et bien grave. Tu ne viens pas ici pour jouir du spectacle de ma puissance, de ma splendeur, tu viens lorsqu'un tombeau m'enlève ce que j'avais de plus cher ; tu viens m'apporter le salut maternel qui m'annonce un malheur irréparable.

Ciò che avea di più caro; allora, o padre,
Che il saluto materno è nunzio al figlio
Di sventura mortal.

PAST.   La vita al cieco
Figlio di questa terra in due si parte.
L'una Prosperità, Sventura l'altra
Egli suole appellar. Ma chi soggiorna
Nella luce de' cieli, e crea la vita,
Di cui distilla un atomo ne' cuori,
Le due voci confonde. Il mal non esce
Dalla fonte del bene, e quella gloria,
Quel poter che tu credi alta ventura,
Temo infelicità.

STR.   Sì, sì! la foga
Che mi sciolse dai ceppi, ond' ero avvinto
Nell' umil cerchio d'una vita oscura,
Non mi sapesti perdonar giammai.
Ma dimmi : il figlio tuo cercò la stima,
La fiducia d' un re per fini abbietti?
Per bassa ambizïon? Chi mai la forza
Tenne o tien nelle mani, e può vantarsi
D' aver più di tuo figlio a grandi cose
Vôlto core ed ingegno? In me non arde
Un sublime pensier? L' antica lotta
Fra il dritto cittadino e la corona
Io mi studio compor, tal che non senta
L' obbedïenza de' soggetti il freno
D' un dispotico impero, e un operoso
Popolo non soggiaccia alle bizzarre
Fantasie del potere.

PAST.   Ma dimmi : Hai tu piantato
L' albero giovanil di questa nova
Libertà così fermo entro il terreno
Delle leggi, che svellere nol possa
Il capriccio regale, od altra mano?
Ma sol la trista ambizion d' un grave
Reggimento non è, come io sospetto,
Ciò che al soglio ti lega; altre catene
Di più valida tempra e polsi e piedi
Vi ti avvincono, o figlio.

            (*Conte Struensée china la faccia.*)
                    Arrossi? Tremi?
Leva, leva la fronte e gli occhi affissa

PAST. La vie des mortels se divise en deux par-
ties : la prospérité et le malheur. Mais celui qui fait
son séjour dans la lumière céleste et crée la vie uni-
verselle dont un atome est dans notre cœur, ne fait
pas de différence entre les deux. Le mal ne vient pas
de la source du bien ; et cette gloire, ce bonheur que
tu attribues à la fortune, je crains qu'il ne soit la
cause de ton malheur.

STR, Oh ! oui je le sais, tu n'as jamais pu me pardonner l'élan qui a rompu les liens par lesquels j'étais rete-
nu dans une vie obscure. Mais dis-moi ! ton fils a-t-
il cherché la confiance et l'estime de son roi dans un
but inavouable, par une basse ambition? Qui a jamais
tenu le pouvoir et peut se vanter plus que ton fils de
l'avoir dirigé vers de grandes choses? N'ai-je pas
prouvé qu'une pensée sublime animait mon cœur ? Je
tâche d'apaiser la lutte éternelle entre le droit des
citoyens et la couronne, afin que l'obéissance des
sujets ne ressemble pas au frein d'un empire despotique
et qu'un peuple généreux n'ait pas à subir les capri-
ces du puissant.

PAST. Mais dis-moi, as-tu donc planté ton jeune
arbre de la liberté assez profondément dans le terrain
des lois qu'un caprice du roi, ou autre, ne le puisse
arracher? Je crains bien que la triste ambition
du pouvoir ne soit pas le seul lien qui t'attache au
trône ; ce sont d'autres chaînes bien plus fortes qui
te tiennent pieds et poings liés... (*Struensée baisse
la tête.*) Tu rougis ? tu trembles ? Lève les yeux et
regarde-moi en face. Tu ne le peux ? Il faut donc
croire le bruit qui court par la ville et qui signale un
danger comme dans les plus tristes jours de notre
histoire ! Tu aimes donc la reine ? Réponds ?

Negli occhi miei! Nol puoi? Ma dunque è vera
La orribil cosa che di bocca in bocca
Corre questa città, come nei giorni
Del periglio, da questa a quella vetta
Il segnal della vampa? Ami?... Rispondi!
La regina ami tu?

STR.   Padre!

PAST.   Via! Fuggi
Di qui!... Sul capo del misero padre
La gran colpa ricade. Il vecchio servo
Di Dio presente la mortal ferita
Prima che dalle tue pallide labbra
Vegga, raccapricciando, uscir lo strale.

STR. Trema sì d'ascoltar ciò che tremando
Il figlio tuo ti svelerà. — Mi struggo
D'amore, o padre. La regina mia,
Cui levare io dovrei con reverente
Timor lo sguardo, forsennato adoro;
Sì, col delirio d'un amor l'adoro
Cieco, bollente, impetuoso... Oh mite
Giudica, padre, il figlio tuo!... S'aperse
Nel mio cor questo tosco un facil varco,
E vi discese inavvertito. Io posso
Quel momento accennarti, in cui mutato
Mi trovai d'improvviso, e a questo giogo
Si curvò l'indifesa anima mia. —
La regina era inferma, il re tornava
Da suoi viaggi; il mio rapido volo
Ai sommi uffici dello Stato, empia
La bocca a ciascheduno, e la tremante
Invidia cortigiana, anzi che il morso
Esercitar nell'uom salito, in lodi
Clamorose irrompea. L'augusta donna
Veder mi desiò. Sola, deserta,
Senza un amico, dal regal suo sposo
Negletta, e della vedova regina,
Con arti inique insidiata, i giorni
Trae come in un chiostro e nel dolore
Profondamente seppellita. Io tale
La trovai. Nel vedermi umido il ciglio
Sgorgò dal suo di lagrime un torrente;
Una porpora viva si diffuse
Sul pallor del suo volto; e nel segreto

STH. Mon père !

PAST. Va-t-en alors, fuis ces lieux ! Ton crime retombe sur la tête de ton père. Le vieux serviteur de Dieu pressent la blessure mortelle avant de voir, en frissonnant, la flèche qui l'a causée.

STR. Oui mon père, tu as raison de craindre. Crains d'écouter ce que ton fils va te dire. Je brûle d'amour, ô mon père. La reine que je ne devrais regarder qu'avec respect, la reine est l'objet de mes feux. Oui mon amour est du délire ! Je l'aime d'une passion ardente, impétueuse, folle ! Ne me juge pas sévèrement mon père ! Ce poison a trouvé mon cœur tout préparé et y a pénétré à mon insu. Je pourrai te dire où et quand je me trouvai soudain tout changé, et je m'aperçus que mon âme sans défense ne m'appartenait plus. La reine était malade, le roi revenait de ses voyages ; mon élévation rapide au faîte des grandeurs faisait sensation, et les courtisans vils et envieux au lieu de mordre l'homme en faveur m'entouraient de leurs bruyantes flatteries. L'auguste femme voulut me voir. Elle était seule, isolée, sans un ami. Négligée par son époux, poursuivie des perfidies de la reine douairière, elle traînait ses jours comme dans un cloître, plongée dans la tristesse. C'est ainsi que je la trouvai. En me voyant compatir à sa douleur elle éclata en sanglots ; son pâle visage s'enflamma, et l'homme du peuple put lire dans les yeux de la reine le secret de son âme. A partir de ce moment je n'étais plus moi-même ; et le charme s'était à jamais emparé de mon cœur. Le malheur de cette femme fut un poison qui coula dans mes veines et me ravit la paix pour toujours. Attaché à sa personne, j'éprouve les tourments d'un enfer sur terre. Je la vois à toute heure, et je suis forcé d'abaisser mes regards enflammés, de peur de rencontrer dans les siens le mépris,

D' una regina penetrar cogli occhi
L' uom del volgo potè. Da quel momento
Trasmutar mi sentii, nè più la forza
Di quell' incanto dal mio cor si tolse.
Il suo dolor m' avvelenò, la pace
Della mia vita mi rapì per sempre.
Vicino, avvinto a lei lo strazio provo
D' un inferno addoppiato. A tutte l' ore
Posso io vederla, e debbo, oimè, gli sguardi
Infiammati abbassar nello spavento
Di leggere ne' suoi lo sprezzo, l' ira,
La condanna. Ma pur se quella cara
Bocca un accento di bontà mi volge,
Udir la mia delusa anima crede
Il dolcissimo suono dell' amore.
Con penosa vicenda abbrividisco
Oggi di me medesmo, ed una speme
Empia domani mi rinasce in petto.
Lascia un demone entrar nel paradiso
A turbarvi la gioja, e se tu brami
Castigarne il misfatto, altri tormenti,
Padre, non ricercar. Non v' è martirio
Che più del mio gli spiriti addolori!

PAST. Sventurato! E durar questa tortura
Oltre puoi tu? Severo, io no non sono ;
Giudicar non ti voglio ; e lo potrei?
Perdonarti, mio figlio, altro non posso.
Vieni! Fuggi con me da questa corte,
Da questo gorgo che t' ingoja.

STR.   Oh mai!
Padre ! mai ! La mia vita a lei s' annoda
Ed all' impresa che nel cor maturo.
Rinunciare ad entrambe è la mia morte.

PAST. Cedimi, Federigo! ed al sepolcro
Di tua madre ne vieni. Il santo loco
Darà pace al tuo spirto, quella buona
In angelica forma al caro figlio
Dal ciel rivolerà. La sua parola
Non ti suona nel cor? Da me, dal padre
Ti rivuole! Oh l' ascolta! Ella confuse
Col nome tuo l' anelito supremo!
Vieni, mi segui, figlio mio !

STR. *angustiato*.   Non posso!

la colère. Mais aussi lorsque cette bouche bien aimée m'adresse une parole bienveillante, mon âme illusionnée se figure entendre des aveux d'amour. Je suis agité entre le frisson de la crainte et un espoir insensé. Laisse mon père qu'un démon pénètre dans le paradis pour troubler la joie céleste, et ne cherche pas d'autre tourment pour punir ce méfait. Il n'est pas de martyre plus cuisant que celui que j'endure.

PAST. Malheureux ! Et comment peux-tu supporter plus longtemps de pareilles épreuves ? Je ne serai pas sévère, je ne veux pas te juger : et le pourrais-je ? Non, je veux te pardonner. Mais viens, fuis cette cour, échappe à l'abime qui est prêt à t'engloutir.

STR. Jamais, mon père, jamais ! Ma vie est désormais consacrée à la reine et au projet que j'ai conçu. Renoncer à l'un et à l'autre, ce serait mourir.

PAST. Cède à mes instances, Frédéric, et viens avec moi au tombeau de ta mère. La sainteté du lieu rendra le calme à ton esprit et la bonne âme de la défunte reviendra du ciel pour te consoler. Ne l'entends-tu pas qui t'appelle ? Oh ! écoute-la. Elle a confondu ton nom avec son soupir suprême. Viens, mon fils, suis-moi !

STR., *avec angoisse.* Impossible !

corto silenzio.

PAST. Feci quanto era in me!

(*Abbraccia il figlio profondamente commosso.*)

Sia teco Iddio!

(*In atto di allontanarsi.*)

STR. Padre, mi lasci?

PAST. Io venni ad ammonirti,
Non a veder la tua caduta. — Il cielo
Ti guardi. (*Parte.*)

STR. *seguendolo atterrito cogli occhi.*

Padre!

(*Dopo una breve lotta con sè stesso.*)

A Lei!

(*Tocca un campanello; entrano parecchi servi.*)

Tosto al monarca.

(*Cade il sipario.*)

FINE DEL PRIMO ATTO.

PAST, *après une pause.* J'ai fait tout ce que j'ai pu.
(*Il embrasse son fils profondément ému.*) Que Dieu
te soit en aide. (*Il va pour sortir.*)

STR. Mon père! tu me quittes!

PAST. Je suis venu pour te donner un bon conseil,
non pour assister à ta ruine. Que le ciel ait pitié de toi!
(*Il sort.*)

STR., *le suivant des yeux avec terreur,* Mon père!
(*Après une courte lutte avec lui-même.*) Allons la
voir. (*Il agite une sonnette. Des domestiques se pré-
sentent.*) Chez le roi.

(LA TOILE TOMBE.)

FIN DU PREMIER ACTE.

ATTO SECONDO

Camera poco spaziosa. Una porta nel mezzo, a destra un
gabinotto, una finestra a sinistra.

SCENA PRIMA

R. MATILDE, CONTESSA UHLFELD, CONTESSA
REEZ, CONTE STRUENSÉE, CONTE BRANDT.
Sinfonia, coro di dentro e tamburro.

MAT. *al Conte Brandt.*
    Conte ! come lasciaste il re mio sposo?
    Debbo io forse temer che troppo innanzi
    Corsa io gli sia? M' è caro alla mia terra
    Dar questa lode e quest' onor. L' egregio
    Destrier che m' ha spedito il mio fratello
    D' Inghilterra, avanzò le più veloci
    Razze di Danimarca. Il grido antico
    Di queste con intrepido ardimento
    Solo il Conte Ministro ha sostenuto,
    L' unico Cavalier che ci vedemmo
    Sempre agli arcioni. Finalmente anch' esso
    Fu costretto a pagar, da noi lontano,
    Il fio della superba audace gara.
STR. Giusto premio, regina, alla mia stolta
    Temerità.
MAT.   Che pregio è pur dell' uomo.
BRA. Vinti il re dichiarò dallo straniero
    Corridor tutt' i nostri, e lieto in volto
    Non finia d' ammirar la coraggiosa
    Reina. Io da gran pezza il re non vidi
    Così gaio, animato. Delle feste
    Date in quest' anno satisfatto assai
    Parmi il nostro Signore. — Avrem dimani
    Ballo in maschera a corte.
STR.   È questa pompa
    Che vi cinge, o reina, il cerchio d' oro
    Che lega la più bella e preziosa
    Gemma del regno.

ACTE DEUXIEME

Une chambre pas trop vaste, une porte au milieu, à droite un cabinet, à gauche une fénètre.

SCÈNE PREMIÈRE

LA REINE MATHILDE, LA COMTESSE UHLFELD,
LA COMTESSE REEZ, LE COMTE STRUENSÉE,
LE COMTE BRAND.

(Ouverture d'orchestre. Chœur dans les coulisses et roulement de tambour.)

MATH., *au Comte Brand.* Comte! comment se portait le roi quand vous l'avez quitté? Me serais-je peut-être trop hâtée de le précéder? J'aime rendre hommage à mon pays. Le magnifique coursier que j'ai reçu de mon frère d'Angleterre a devancé ceux des meilleures races danoises ; un seul a soutenu l'ancienne réputation de ces dernières ; c'est le cheval que montait le comte ministre, le hardi cavalier, qui seul a tenu bon à nos côtés. Mais à la fin il a dû se rendre, lui aussi, et renoncer, bien loin derrière nous, à une lutte audacieuse.

STR. Juste punition, madame, de ma folle témérité.

MATH. Chez un homme, l'audace est un mérite.

BRAND. Le roi a déclaré que le coursier étranger a vaincu tous les nôtres ; il souriait en admirant le courage de notre reine. Depuis longtemps je n'avais vu le roi aussi gai, aussi animé. Notre seigneur et maître me paraît satisfait des fêtes de cette année. Demain encore, il y a bal masqué à la cour.

STR. Cette pompe qui nous entoure, madame, est le cercle d'or qui enchâsse la plus belle perle du royaume.

MAT. *fissandolo.* Il labbro o il cor mi parla?
L' accento tuttavia della favella
Vi disdice.

STR. Dovrei...

MAT. *alla Contessa Uhlfeld.* Vi prego Ufelda,
Il mio ricamo. (*Uhlfeld parte.*)

SCENA II

MATILDE, CONTE STRUENSÉE, CONTE BRANDT.

MAT. *dopo aver accompagnata cogli occhi la contessa, ed osservato che la Contessa Reez erasi prima allontanata; a Struensée.*
Che vi turba? Il veggo,
Voi celar mi cercate alcun segreto!
Non negatelo, Conte! È nuovo in voi
Questo riserbo, e mi dà pena. Or via
Favellate!

STR. Son reo, se tal vi sembro.
L' umore innanzi a Voi non dee l' aspetto
Simular d' un affanno, o d' una cura
Misteriosa.

MAT. M' ingannate. Umore.
Non è.

BRA. Non più, regina. Io questo enimma
Vi scioglierò. (*Struensée cerca impedirlo.*)
Lasciatemi! Ritorna
Il Conte di Ranzau dalle sue terre.

MAT. Colui? quell' importuno? Oltre non volle
Dunque occultarci quel tronfio suo capo,
Di politica pien, nel freddo e tristo
Romitaggio d' Asberga? A suo capriccio
Fantastichi egli pure; alcun effetto
Non sa dar l' arrogante a' temerarj
Proposti suoi. Borbotta e non offende.
sorride.

BRA. Pur quest' oggi egli fece un' alta impresa.

STR. Tale almeno ei la pensa.

MAT. E tale, io temo,
La pensate voi stesso. Udiam! Che dunque
Di terribile avvenne?

BRA. Il borioso

MATH., *le regardant fixe*. Est-ce le cœur ou la bouche qui parle. Votre accent dément vos paroles.

STR. Je devrais...

MATH., *à la Comtesse Uhlfeld*. De grâce, Uhlfeld, ma broderie. (*La Comtesse sort.*)

SCÈNE II

MATHILDE, STRUENSÉE, BRAND.

MATH., *elle a accompagné du regard la Comtesse Uhlfeld et s'est assurée que la Comtesse Reez s'était d'abord éloignée; puis à Struensée*. Pourquoi vous troubler? Je le vois, vous voulez me cacher quelque secret. Ne le niez pas, comte. Cet embarras est chose toute nouvelle chez vous et m'afflige. Allons, parlez!

STR. Je suis coupable si je le parais à vos yeux. Devant vous, madame, on ne doit pas être soucieux, ni laisser soupçonner quelque mystère.

MATH. Vous vous trompez. Vous n'êtes pas soucieux.

BRAND. N'insistez pas, reine. Je vais vous expliquer cette énigme. (*Struensée veut l'en empêcher.*) Laissez-moi parler. Le comte de Ranzau est revenu de ses terres.

MATH. Ranzau? Ce fâcheux? Il est donc las de cacher sa figure bouffie, sa tête bourrée de politique, dans son froid et triste ermitage d'Asberg? Il peut rêver à son aise, mais cet arrogant ne cherchera jamais à réaliser ses projets téméraires. Il murmure, mais ne fait pas de mal.

BRAND, *souriant*. Cependant, il a aujourd'hui même accompli de hauts faits.

STR. Il le croit du moins.

MATH. Je crains bien que vous ne le croyiez aussi. Allons, voyons, que s'est-il passé de terrible?

BRAND. L'orgueilleux Ranzau a rompu le vœu qu'il

Ranzau ruppe un gran voto, e il suo mortale
Avversario accostò. (*Additando Struensée.*)
Questo leone
Cercò nella sua tana.

MAT.   E l' ha trovato?
Spero che sì.

STR.   Regina, il dritto impugna
Armi più salde che il dispetto; e forte
Mi trovai quanto basta in una lotta
Coll' ardito patrizio : e poi la grazia
Del re non m' è di scudo? e non ho forse
Nel favor della mia bella Sovrana
Una corazza adamantina?

MAT.   E mai
Fallir non vi dovrà. No, fin che batta,
Conte, il mio cor... pel popolo danese.

SCENA III

PRECEDENTI. CONTESSA UHLFELD.

MAT. *alla Contessa che le presenta il ricamo.*
Mercè, Contessa!

C. U. *accostandosi ad una finestra e guardando nella
strada.*
Oh ciel! che cosa io veggo?

MAT. Che?

C. U.   Giunge in questo punto a briglia sciolta
Un Cavalier... (*Getta un grido di spavento.*)
Gran Dio!

MAT.   Che fu?

C. U.   Di sotto
Il destrier gli precipita... distira
Le membra... è morto!

MAT. *in atto di correre alla finestra. Gli uomini la
trattengono.*

C. U.   Illeso è l' uom; si leva.

BRA. *le si avvicina.*
Chi mai sarà?... Trafelato, anelante...
Ora alfin lo ravviso!... È Lovechioldo
Quell' uomo; un ufficial del congedato
Reggimento norvegio.

avait fait et a rendu visite à son mortel ennemi. (*Dési-gnant Struensée*). Il est allé chercher le lion dans son antre.

MATH. Et il l'a trouvé, j'espère.

STR. Reine, le bon droit a toujours des armes mieux trempées que celle du dépit; j'ai donc eu la force de lutter avec le hardi patricien ; et puis, n'ai-je pas la faveur du roi en guise de bouclier? les bonnes grâces de ma souveraine ne sont-elles pas une cuirasse de diamants?

MATH. Cette faveur, ces bonnes grâces ne vous fe-ront jamais défaut, aussi longtemps au moins que mon cœur battra... pour le peuple danois.

SCÈNE III

LES MÊMES *et la* COMTESSE UHLFELD.

MATH., *à la Comtesse, qui lui présente la broderie.* Merci, comtesse.

COMTESSE, *s'approchant d'une fenêtre et regardant dans la rue.* Ciel! que vois-je?

MATH. Qu'y-a-t-il?

COMTESSE. Un cavalier arrive à l'instant, bride abattue... (*Elle jette un cri de frayeur.*) Grand Dieu !

MATH. Qu'est-ce?

COMTESSE. Le cheval tombe... il s'étire... il est mort!

MATH., *va pour courir à la fenêtre; les deux hommes la retiennent.*

COMTESSE. L'homme est sauf... il se lève.

BRAND., *s'approche de la Comtesse.* Qui cela peut-il être? Ah! je le reconnais... Cet homme harassé, meurtri, c'est Lovenskiold, un officier du régiment norvégien que l'on vient de licencier.

4

STR. *osservando in angustia la regina.*
                              Io lo aspettava.
Dee recarmi un dispaccio.
MAT.   In tanta fretta?
Felice indizio non è certo.
STR.   Io stesso
Voglio...
MAT.   No! rimanete, ottimo Conte!
Non lasciatemi sola nell' angoscia
D' una incertezza che mi uccide. Udite
Alla presenza mia ciò che rapporta
Quel capitano. Ei venga, ei venga tosto;
Così come si trova...   (*Alla Contessa Uhlfeld.*}
                    Uscite, Ufelda!
Conducetelo qui.   (*Uhlfeld parte.*)

SCENA IV

I precedenti senza la Contessa Uhlfeld.

STR. *a Brandt.*   Per quanto possa,
Brando, avvenir, correte al re. Che solo
Non rimanga in quest' ora.
MAT.   È cauto avviso
L' impedir che la nuova al re ne giunga
Da zelante maligno.

     (*Esce il Conte Brandt ed entra la Contessa
     Uhlfeld conducendo seco il capitano.*)

SCENA V

MATILDE, STRUENSÉE, CAPITANO LOWENSKIOLD.
(*La Contessa Uhlfeld si allontana dopo aver
      introdotto il Capitano.*)

CAP.   Imploro il vostro
Perdono, Maestà.

STR., *regardant la reine avec inquiétude.* Je l'attendais, il doit m'apporter une dépêche.

MATH. Avec tant de précipitation? Cela ne présage rien de bon.

STR. Je vais moi-même...

MATH. Non, cher comte, restez. Ne me laissez pas seule dans les angoisses d'une incertitude qui me tue. Recevez cet officier devant moi, qu'il vienne, qu'il vienne de suite et tel qu'il se trouve. (*A la Comtesse*) Allez Uhlfeld, amenez-le-moi. (*La Comtesse sort.*)

SCÈNE IV

LES MÊMES, *moins* LA COMTESSE.

STR., *à Brand.* A tout hasard, Brand, allez vers le roi. Il ne faut pas le laisser seul à cette heure. (*Brand sort, la Comtesse entre avec le Capitaine.*)

SCÈNE V

MATHILDE, STRUENSÉE, LE CAPITAINE, LOVENSKIOLD.

(*La Comtesse s'éloigne après avoir introduit ce dernier.*)

CAP. Majesté, j'implore votre pardon.

STR.   La regal donna
 Brama udir le cagioni, o Capitano,
 Di questa corsa ruinosa.

MAT.   In volto
 Vi leggo una sventura. Onde venite?
 Chi vi manda? Esponete!

CAP.   Il comandante
 Della regia città.

STR.   Con qual messaggio?

CAP. I disciolti norvegi alzàr l' insegna
 Della rivolta.

MAT.   O noi perduti!

STR. *cerca nascondere la sua commozione.*
         Il peggio
 La reina or conosce. A parte a parte
 Narrateci, o signore, il come e 'l quando
 La rivolta scoppiasse.

CAP.   Allor che il nostro
 Colonnello adunò per la seconda
 Volta le cinque compagnie norvegie,
 Non poche si notaro oscure fronti,
 Torbidi indìci d' amarezza. Il basso
 Guerrier volgea perplesso ombrosi sguardi
 Ora a' suoi camerati, ora alle belle
 Armi che in breve abbandonar dovea;
 Perocchè ciascheduno in quel momento
 Si credea rinviato alla paterna
 Dimora, alle tranquille opre del campo.
 Il decreto sovrano, in questo mezzo
 Noto ne fe', che i semplici soldati
 Non veniano disciolti e dal servigio
 Militar liberati; onde il conforto
 Del ritorno sperato al proprio tetto,
 D' un tratto a noi disparve. Udîr con sordo
 Mormorio che verrebbe in altre schiere,
 Per voler del monarca, incorporato
 L' intero reggimento. Il Colonnello,
 Letto il rescritto, non aggiunse un motto.
 Allor, quasi per subita procella
 Agitata marina, alzasi un grido
 Lungo tutta la fila; e, come uscito
 D' una gola, un potente immenso Viva
 Alla bandiera, e « libero congedo

STR. Capitaine, la Reine désire connaître la cause de cette course précipitée.

MATH. Je lis sur votre visage qu'un malheur est arrivé. D'où venez-vous? Qui vous envoie? Parlez!

CAP. Le commandant de la capitale.

STR. Que mande-t-il?
CAP. Les Norvégiens licenciés ont levé l'étendard de la révolte.
MATH. Nous sommes perdus!
STR., *cherchant à cacher son émotion.* La reine connaît maintenant le plus mauvais de la nouvelle; dites-nous, où, quand et comment, la révolte a éclaté?

CAP. Lorsque notre colonel réunit pour la dernière fois les cinq compagnies norvégiennes, on remarqua bon nombre de fronts courroucés, indice certain de mécontentement. Les simples soldats se regardaient entr'eux et contemplaient avec amertume les belles armes qu'il fallait quitter, car chacun croyait être renvoyé dans ses foyers, aux tranquilles travaux des champs. En ce moment, le décret royal vint nous apprendre que les simples soldats n'étaient pas libérés du service, ce qui faisait évanouir l'espoir de revoir le toit paternel. Un sourd murmure s'éleva à la nouvelle de l'incorporation du régiment tout entier dans l'armée active. Le colonel, après avoir lu l'acte souverain n'ajouta pas un mot. Alors, comme sur une mer assaillie par la tempête, un cri éclata dans les rangs, et tous s'écrièrent, comme d'une seule voix : « Vive le drapeau! Vive la liberté! Nous voulons notre congé. Pas de séparation! A la vie, à la mort, nous voulons rester unis à nos compatriotes. » C'est en vain que les officiers essayèrent de calmer ces furieux. Les prières, les menaces, restèrent sans effets. Les choses en sont là. Le commandant veut punir les mutins qui parcourent les rues en vociférant et en excitant les habitants à la révolte. On sonne le tocsin, la garnison est sortie à leur rencontre; mais les re-

Ne si dia! Non vogliamo esser divisi,
No, no, no! Per la vita e per la morte
Siamo e sarem commilitoni! » — Indarno
Tantarono ammansarne i capitani
L'animo furibondo. Ogni preghiera,
Ogni micaccia fu gittata. A questi
Termini son le cose. — Il Comandante
Vuol gli audaci punir che per le strade
Corrono schiamazzando ; e con proposte
Sedizïose i cittadini istessi
Infiammando li vanno alla rivolta.
Suonano a stormo; ad assalirli in via
Già s'è mosso il presidio ; ed i ribelli,
Non che sciorsi e fuggir, gli vanno incontro
Pronti a tutto arrischiar. — La zuffa avvampa ;
E guarda la città con raccapriccio
Bagnar le piazze e le contrade 'l sangue
De' cittadini e de' soldati.

STR.   Orrenda
Cosa!

MAT.   Miseri noi! Si giunge a tanto?
CAP. Io lasciai la città che dubbio ancora
Il conflitto pendea, ma d'ora in ora
S'accostano i ribelli al gran cancello
Volto a settentrione; e se riesce
Ai disperati superarlo, in breve
Giungono qui.

STR.   Giammai! Fino al castello?
Fino al re gl'impudenti?...

CAP.   È il lor disegno.
Vogliono al re medesmo espor le cose
Che bramano : un congedo intero e franco
E stipendio allungato, e l'uno e l'altro
Conseguir colla forza; indi, simili
A' greci antichi eroi, pomposamente
Tornare alla città colle corone
Del trionfo ottenuto.

STR.   Anzi che
Succeda...   (Spari lontani.)

MAT.   O ciel!...

belles, loin de se disperser ou de fuir, acceptent le combat. La lutte est commencée, le sang des bourgeois et des soldats coule dans la rue et épouvante la ville entière.

STR. C'est horrible !

MATH. Malheur à nous ! Quelle audace !

CAP. J'ai quitté la ville lorsque l'issue du combat était encore douteuse ; mais les rebelles s'avancent de plus en plus vers la grande grille du Nord, et si les forcenés parviennent à la passer, ils peuvent arriver ici en peu de temps.

STR. Cela ne sera pas ! Quoi ! les impudents viendraient jusqu'au château, jusqu'au roi ?

CAP. Tel est leur projet. Ils veulent exposer leur demande au roi lui-même : un congé définitif avec supplément de solde, et employer la force, s'il le faut, pour l'obtenir. Alors seulement ils rentreront en ville comme des héros de l'antiquité en portant les trophées de la victoire.

STR. Avant que cela arrive... (*On entend des coups de feu*).

MATH. Ciel !

SCENA VI

I precedenti, CONTESSA UHLFELD, CONTESSA
REEZ.

C. U.   Soccorso!
                                        V' è noto?
    Ribellïon! S' accostano, regina!
C. R. Vengono i rivoltosi a far macello
    Del re, della regina.
STR.   Ombre, chimere!
    Troveran que' ribaldi al loro ingresso
    La mercè meritata. — Incontanente
    Si piantino i cannoni, e solo un' orma
    Che imprimano color sul limitare
    Del castello real, vi siano accolti
    A saluti di foco.   (Il Capitano parte.)

SCENA VII

I precedenti *senza il Capitano*.

MAT.   È sanguinosa
    Questa minaccia!
STR.   Non temete : effetto
    Non le darò La fratricida lotta
    Non debbe incominciar, se pria me stesso
    Vittima non immolo al lor furore.
MAT. Placar non li sperate.
STR.   E sia. Null' altro
    Chieggono che il mio capo? Or ben, l' avranno,
    E spontaneo da me. Non grondi stilla
    Di sangue cittadino, ove la pace
    Di Danimarca, e del suo re l' onore
    Io possa riscattar col sangue mio.

    (*Tumulto in istrada. Grida sediziose. Viva
    al Reggimento ed al re.*)

SCÈNE VI

LES MÊMES, LA COMTESSE, UHLFELD, LA
COMTESSE REEZ.

UHLF. Au secours! reine; vous le savez? la révolte!
ils approchent.

REEZ. Les rebelles viennent pour égorger le roi, la
reine...
STR. Fantômes, chimères! Ces misérables trouve-
ront en entrant la récompense de leur félonie. Que
l'on pointe immédiatement les canons, et dès que les
rebelles mettront le pied sur la limite de la demeure
royale, qu'ils y soient reçus à coups de mitraille. (*Le
Capitaine sort.*)

SCÈNE VII

LES MÊMES, *moins* LE CAPITAINE.

MATH. Cette menace est bien cruelle!

STR. Ne craignez rien! je ne l'exécuterai pas. La
lutte fratricide n'éclatera pas si je ne tombe moi-
même, tout le premier, victime de leur fureur.

MATH. N'espérez pas les calmer.
STR. Soit. Ils ne demandent que ma tête? Eh bien!
ils l'auront. Je me livrerai moi-même. Il ne faut pas
qu'une goutte de sang danois se répande si je peux,
par mon propre sang, racheter la paix du pays et l'honneur du roi. (*Tumulte dans la rue. Cris séditieux.*)
Vive le régiment! vive le roi!

SCENA VIII

PRECEDENTI, ROBERTO KEITH.

STRUENSÉE, *in atto di uscire.*
KEITH, *trattenendolo.*
    No, Conte, rimanete! io vi scongiuro!
MATILDE, *a Keith.*
    In qual ora, o signor!
KEI.   Regina, io spero,
Voi mi vorrete perdonar. L'angoscia,
Il terror qui m'adduce. I forsennati
Che, me veggente, insanguinâr la spada
Nelle vene fraterne, anche la sacra
Vita del re minacciano di morte,
Se non li ascolta e non li appaga.
STR.   Ah prima
Vogl' io!...
KEI.   Vi prego, o Conte! usar dell'armi.
No, non vogliate.
STR.   Un gran dover lo impone.
MAT. Oh non uscite! Oppresso, impaurito
È il mio povero core, e già mi sento
Mancar. Veggo l'abisso in cui ne immerge
Una pietà colpevole e funesta
Verso i ribelli; nondimen...

SCENA IX

PRECEDENTI, CAPITANO LOVENSCKIOLD.

STR.   Che nuova,
Capitano?
MAT.   Altri mali?
CAP. *a Struensée.*   Eletti a sorte
Ha venti ambasciatori il reggimento.
Questi libero accesso ed udïenza
Esigono da voi. Misero in carta
Tutto ciò che pretendono. Tre chieste
Fanno al re, ch' annuire, e porvi il nome
Dovrà.

SCÈNE VIII

LES MÊMES, ROBERT KEITH.

STR., *va pour sortir*.
KEITH, *le retenant*. Non, comte, restez, je vous en
supplie!
MATH., *à Keith*. Vous, Keith, à cette heure?

KEITH. Vous me pardonnerez, madame. C'est une
angoisse, un sentiment de terreur qui m'amènent.
Ces forcenés, que j'ai vus répandre le sang de leurs
frères, menacent de mort la personne sacrée du roi,
s'il ne les écoute, s'il n'accorde ce qu'ils veulent.

STR. Laissez que d'abord je...

MATH. Non, comte, n'employez pas les armes, je
vous en prie!
STR. Mon devoir l'exige.
MATH. Ah! non, ne sortez pas. Mon pauvre cœur
est oppressé de terreur, je me sens faiblir... Je vois
l'abîme dans lequel nous plongerait une pitié coupable, funeste, envers les rebelles, et cependant...

SCÈNE IX

LES MÊMES, LE CAPITAINE LOWENSKIOLD.

STR. Quelles nouvelles, capitaine?

MATH. De nouveaux malheurs?
CAP. Le régiment a élu vingt délégués qui exigent
de vous : entrée libre et audience. Ils ont formulé leurs
prétentions par écrit et demandent trois choses que
le roi devra accorder et signer.

STR.　　　　Dovrà?... Le chieste!

CAP.　　　　　　　　　Un pieno e franco
Congedo, innanzi tratto, acciò nessuno
Che servì sotto il nobile stendardo
Della Guardia real non sia costretto
A vestir nove assise. Indi un trimestre
Di stipendio ai mendici; e finalmente
Facoltà di recar così le assise,
Come l' arme del corpo, a ricordanza
Che fedeli fur sempre alla bandiera,
E che per sola volontà sovrana,
Non per colpa o castigo, il reggimento
Venne disciolto. Consentito a questo
Ritorneranno alla città, sommessi
All' ordine reale, e di sbandarsi
Prometteran. Ma quando al re non piaccia
Secondar tali chieste e porvi il nome,
Faranno (e l'han giurato), una vendetta
Tremenda; Fridiburgo a foco e fiamma
E in ruderi converso; a fil di spada
Regina e re...

STR.　　　　　　　　Non più! Le scellerate
Follie d' una frenetica ciurmaglia
Oltre udir non ci fate. Il re, signore,
Non può colla rivolta a vergognosi
Patti venir. Giammai! giammai! Rifiuto
Veder gli ambasciatori, ove l' intera
Colonna, obbediente alla sovrana
Volontà, le ribelli armi non ponga,
Aspettando in silenzio umile e queta
Che l' oltraggiata Maestà si degni
Pronunciarne il perdon. Ma se pensiero
Facessero costor di porre in atto
Così pazze e sacrileghe minaccie,
A tutti i bronzi della ròcca il cenno
Dello scoppio darò. Tornate a lorò
Con tal rispota.

KEI.　　　　　　　E che? Vorreste, o Conte?...

MAT. Tolga Iddio che per simile risposta
La rabbia in lor s' accrèsca! Acconsentite
A quanto essi vi chieggono, stringete
Patti... deh v' affrettate! Ad ogni prezzo
Acquetateli, Conte!

STR. Qu'il devra accorder? Quelles sont ces demandes?

CAP. Un congé franc et quitte, afin qu'aucun de ceux qui ont servi sous le noble drapeau de la garde royale ne soit forcé d'endosser un autre uniforme. Ensuite trois mois de gages aux nécessiteux et, enfin, la faculté de porter l'uniforme ainsi que les armes du corps, pour témoigner que la volonté souveraine seule, et non un châtiment, a motivé la dissolution du régiment. Ces trois choses accordées, ils feront retour à la ville, soumis aux ordres du roi, et promettent de se séparer. Mais si le roi refuse d'accéder à leurs demandes et de signer le décret, ils jurent de s'en venger horriblement : Friedbourg sera mis à feu et à flamme, le roi et la reine passés au fil de l'épée...

STR. Assez ! Il n'est pas possible d'écouter davantage les criminelles extravagances d'une horde frénétique. Le roi, notre maître, ne peut descendre à pactiser honteusement avec la révolte. Jamais, jamais ! Je refuse de recevoir les envoyés si d'abord la colonne tout entière, obéissant aux ordres du roi, ne dépose les armes dans l'attente du pardon souverain. Mais si ces gens se proposent d'exécuter leurs folles et sacrilèges menaces, je donnerai l'ordre de faire feu de tous les canons du château. Allez leur porter cette réponse.

KEITH. Que voulez-vous faire, comte ?

MATH. Prenez garde qu'une semblable réponse n'augmente la rage de ces rebelles. Accordez tout ce qu'ils demandent, signez les conditions. Il faut les calmer à tout prix.

STR.   Ad ogni prezzo ?
A quello enorme dell' onor, regina?
MAT. No! con mani cruente il vostro onore
Custodir non dovete!
          (*Tumulto al di fuori*)
                 Oimé! son presso...
Vengono!... I figli! i miei teneri figli
Strappano dalla culla.
      (*Rompe in un pianto dirotto.*)
                A tali angoscie
Non resiste il mio cor!
KEI., *la sostiene.*   Gran Dio!
STR.   Nel pianto
Veggo quegli occhi, e dubbio sono? e penso
A salvar la mia fama?
          (*Alla Regina*).
           Io volo, io volo.
Saran paghi i ribelli, e calma in breve
Vi recherò.
        (*Esce col Capitano.*)

SCENA X

MATILDE, KEITH.

KEI.   Coraggio, o mia regina:
MAT. Signor, voi già non foste a me spedito
Per vedermi così, per ispirarmi
Coraggio. Ove n' andò la mia baldanza?
Invilita io mi sento.
KEI.   Oimè, qual nuovo
Linguaggio è il vostro?
MAT.   Il mio terror presente
D' un antico obbliato in me rinfresca
La memoria fatal; d' un raccapriccio
Che spesso m' assalì per le frequenti
Strade di Londra. Io mai non vidi il cocchio
Che mi portava accostarsi alle mura,
Già prigion della misera Stuarda,
Nè cogli occhi scontrai quella finestra
Che si mutò nel suo palco di morte,
Senza che mi sentissi un gel per l' ossa,

STR. A tout prix? Même au prix exorbitant de l'honneur royal?

MATH. Non, vous ne devez pas sauvegarder l'honneur du trône au prix du sang de nos sujets. (*Tumulte au dehors.*) Dieu! les voici! ils sont sur nous! Ils vont arracher mes enfants de leur berceau. (*Elle éclate en sanglots.*) Mon cœur ne peut résister à tant d'angoisses.

KEILH, *la soutenant.* Mon Dieu!

STR. Quoi! ces yeux sont en larmes et je délibère? et je pense à sauver mon honneur? (*A la Reine.*) Je cours, madame, les rebelles auront ce qu'ils veulent et le calme vous sera rendu. (*Il sort avec le Capitaine.*)

SCÈNE X

MATHILDE, KEITH.

KEITH. Courage, ô reine!

MATH. Seigneur, vous n'avez pas été envoyé auprès de moi pour m'inspirer du courage, pour me voir en cet état. Où est allée mon audace d'autrefois? Je me trouve abaissée à mes propres yeux.

KEILH. Quel est donc ce langage si nouveau dans votre bouche?

MATH. C'est que ma terreur actuelle me rappelle à la mémoire un autre instant fatal, que j'avais oublié : un frisson me prenait autrefois en traversant les rues populeuses de Londres. Je n'ai jamais pu voir mon carrosse s'approcher des murs qui servirent de prison à Marie Stuart, ni jeter les yeux sur ces fenêtres qui virent se dresser son échafaud, sans me sentir saisie d'un froid mortel; je criais alors au cocher de ralentir le pas des chevaux; je détournai mes regards et je me consolai en pensant que nous ne verrions

Nè gridassi al cocchier, che dei cavalli
Le redini allentasse ; e da quel loco
Torcea rabbrividendo ognor gli sguardi,
Consolandomi pur che giudicati
Più non saran dal popolo i monarchi,
Nè più mai troncherà la scure infame
Il capo alle regine. Oimè, rivive
Quel tempo ancor ! Risorgere il vedremo
Più che pria spaventoso, e le corone
Scrollar di novo sulle regie fronti !
E sventura a color che son caduti,
Com' io, nell' ira popolar !...

KEI.   Regina !
No ! lo sdegno del popolo non coglie
Sì caro, amabil capo. Un altro è il segno
Dell' ire sue. Minacciose voci
In un grido terribile congiunte
Tuonano contro il Conte. Allontanate
Quest' uom da voi !

MAT.   Forzar mi si vorrebbe?

KEI. Non pur gli amici vostri, augusta donna,
Pregano col mio labbro, il vostro istesso
Fratel ve ne scongiura ; allontanate
Da voi quest' uom ! Rifugio, ov' ei lo chiegga,
Gli darà l'Inghilterra.

MATH., *punta.*   Il vostro zelo,
Signor, troppo vi sprona. Attenderemo...
    (*Grida incomposte e «Viva» al di fuori.*)
Voi lo udite ? È di gioia, è d' allegrezza
Questo grido ! Egli ha vinto ! ha trionfato
De' loro cuori !... Il turbine, lo spero,
Dileguato sarà.

SCENA XI

I precedenti, CONTESSA UHLFELD.

C. U.   Regina, salvi
Noi siam ! La guardia alla città ritorna,
                (*Musica militare al di fuori.*)
Suonano la ritratta !

MAT.   Il Conte adunque
Parlò ? Li persuase ! Al Ciel sia lode !

plus le peuple juger les monarques et porter la hache
sacrilége sur la tête d'une reine. Mais, hélas! je vois
revenir ces temps funestes; je vois une tempête plus
épouvantable encore menacer les couronnes et saisir
les têtes royales. C'est un grand malheur d'être, comme
moi, l'objet de la colère du peuple!

KEITH. Reine, ne le croyez pas, le peuple ne peut
haïr une personne si charmante. C'est un autre qui
est l'objet de la haine populaire. Des voix menaçantes
s'élèvent unanimement contre le comte... Eloignez
cet homme de vous.

MATH. On voudrait m'y forcer.

KEITH. Ce ne sont pas seulement vos amis, madame, qui vous prient par ma bouche : c'est votre
auguste frère lui-même qui vous en supplie. Eloignez cet homme. L'Angleterre, au besoin, lui offrira
un asile.

MATH., *piquée*. Votre zèle, seigneur, vous mène
trop loin. Nous pouvons attendre. (*Cris désordonnés
et vivats au dehors.*) Vous entendez? C'est de joie,
c'est d'allégresse que l'on crie. Il triomphe! il a gagné
leurs cœurs! J'espère que l'orage est désormais
éloigné.

SCÈNE XI

LES MÊMES *et* LA COMTESSE UHLFELD.

UHL. Reine, nous sommes sauvés. La garde retourne à la ville. (*Fanfare au dehors.*) Ils sonnent
la retraite.

MATH. Le comte a donc parlé, il les a persuadés?
Que Dieu soit loué!

5

C. U. Udir gli ambasciatori egli non volle;
    Presentossi egli stesso alla colonna
    Sedizïosa. L'ammonì da prima
    A sommettersi al re, ma sol ne ottenne
    Minacciose risposte. Allora il Conte
    Presso il monarca intercessor si offerse,
    E questi i voti ne appagò.

MAT.   Concesse
    Tutte il re le dimande?

C. U.   E con applausi
    Prolungati, assordanti ogni parola
    Dell' indulto sovrano accompagnaro;
    Ed al re d'ogni parte un iterato
    « Viva » s' alzò. Di gioia io lagrimai
    Nel veder quella fè, quella improvvisa
    Sommissïon.

MAT.   Per fermo un commovente
    Spettacolo...

              (*Alla Contessa Uhlfeld.*)
    E del Conte?...

C. U.   Ecco, reina,
    Giunge egli stesso!

SCENA XII

I Precedenti, STRUENSÉE, *pallido e visibilmente
commosso.*

MAT.   Conte... oh qual pallore!
STR. Fatto è il vostro voler. Più non avete
    Cagion di tema. La rivolta è spenta;
    Ammansata la guardia, e trionfante
    Ritorna alla città.
    (*Sotto le finestre viene cantata in coro l'antica
            canzone danese.*)
      Sul mar combatte intrepido
        L'eroe sovran.
      Il Sir fra l'orde barbare
      L'acciar di sangue imporpora,
      Nè val corazza al fulmine
        Di quella man.

ULH. Le comte n'a pas voulu entendre leurs délégués. Il s'est présenté lui-même devant la colonne factieuse. Il l'a exhortée à se soumettre au roi, mais il n'en a reçu d'abord que des réponses menaçantes. Alors le comte s'est offert d'aller intercéder auprès du monarque, qui a bien voulu tout accorder.

MATH. Comment, le roi a accédé à leurs demandes ?

UHL. Oui, et les soldats ont reçu les concessions souveraines avec des cris de joie prolongés et des *vive le roi* ! poussés de toutes parts. Je versai des larmes de joie au spectacle de ce retour à la fidélité, de cette prompte soumission.

MATH. C'est un spectacle vraiment émouvant. (*A la comtesse.*) Et le comte?

UHL. Le voici, madame, il vient lui-même.

SCÈNE XII

LES MÊMES, STRUENSÉE, *pâle et visiblement ému.*

MATH. Comte, pourquoi cette pâleur?...

STR. J'ai fait votre volonté, madame. Vous n'avez plus rien à craindre. La garde est satisfaite ; elle rentre triomphante à la ville.

(*On entend sous les fenêtres le chœur chantant l'ancien hymne national danois.*)

« Le héros souverain combat intrépide sur la mer. Le roi rougit son épée du sang barbare, aucune cuirasse ne résiste à ses coups. Fuyons ! s'écrient les Goths, aucun mortel ne peut soutenir le choc du roi Christian. Flots de la mer, sentier qui mène à la gloire, supportez le noir navire qui s'avance intrépide

« Fuggiam! — de' Goti è il fremito,
» Mortal non regge all'impeto
    Di re Cristian. »
  Sentier mi sei di gloria
    Flutto marin.
All' uom che sfida i turbini,
Che va tra l' armi impavido
Deh, tu sorreggi e modera
    Il negro pin!
Se muor pugnando, e libera
Il suol paterno, è splendido,
    Grande il suo fin.

(L'allegra marcia di mano in mano si allontana
e si perde.)

STR.   L'allegro suono
  Che vi giunge all' orecchio è la funèbre
  Nenia che il nome mio, che la mia fama
  Accompagna al sepolcro.

MAT.   Ah, non vi date,
  Conte, a tale sfiducia!

STR.   Il mondo almeno
  Non dica che caduto è il vanitoso
  Dal sommo grado della gloria, côlto
  Da vertigine cieca. Io ne discendo
  Pieno ancor di vigore, e sgombro il seggio
  Per voglia mia. — La grazia umile invoco
  Pria da voi, mia regina, e dal monarca
  Proscia la invocherò, di por l'incarco
  Che m'imponeste.

MAT.   Che? Pensate, o Conte...

(Si getta in una sedia e nasconde le lagrime.)

STR.   Regina, oh non vogliate
  Impedirmi l' andar! *(Le prende la mano)*
              Per la suprema
  Volta... (oh scoppia, mio cor!) mi sia concesso
  Stringere questa man, che sul mio capo
  Tante grazie versò! — Ma voi lo sguardo
  Da me torcete? Una parola attendo!
  Io lo debbo, regina! E voi, voi stessa
  Il vedete! il sentite!

KEI.   Ah, non vi spiaccia
  Se a queste nobilissime preghiere
  Del Conte ardisco accompagnar le mie!

au milieu du combat. La mort est glorieuse lorsqu'elle sert à délivrer la patrie. »

(*La marche joyeuse s'éloigne peu à peu.*)

STR. Le chant joyeux qui frappe vos oreilles est la marche funèbre de mon nom, de mon honneur qui se dirige au tombeau.

MATH. Ah! comte, ne vous abandonnez pas à ce découragement!

STR. Le monde, au moins, ne dira pas: cet orgueilleux est tombé par aveuglement du faîte des grandeurs. J'en descends moi-même dans toute ma vigueur et de ma propre volonté. Je demande humblement mon congé, à vous d'abord, ma souveraine, et au monarque ensuite.

MATH. Que dites-vous, comte? (*Elle se jette dans un fauteuil et cache ses larmes.*)

STR. Reine, je vous en prie, ne m'empêchez pas de me retirer. (*Il lui prend la main.*) Permettez que pour la dernière fois (oh! mon cœur se brise!) je serre cette main qui a versé tant de grâces sur ma tête. Mais quoi, vous détournez le regard? J'attends, je dois attendre un mot de vous, ô ma souveraine! Vous le savez, vous le sentez vous-même.

KEITH. Madame, ne vous déplaise, si à cette noble prière du comte j'ose associer la mienne.

MAT, *alzandosi.*   Io bramo al Conte
    Sola parlar.
    (*Keith e le Dame con un inchino si scostano*).

SCENA XIII

MATHILDE, STRUENSEE.

MAT.   Che intesi! Abbandonarmi
    Voi, Federico? ed obbliar d' un tratto
    Che vi fui, che mi foste? Andate!. andate!
    Millantatevi pur di questo altero
    Rifiuto, eroe da scena! Affè l' impresa
    È mirabile, e grande! Alla tempesta
    Involarsi, lasciar vigliaccamente
    Il governo del legno; e sulla prora,
    Sola indifesa una povera donna
    Che vinta dagli affanni alza le braccia
    Disperate, e nel baratro sconvolto
    Vede aperta la tomba.

STR.   O mia regina!

MAT. Colla vostra partite, ogni speranza
    Non mi troncate? Il caro unico amico
    Deh rapir non vogliate alla deserta!
    Compensar la potrebbe il solo amore
    Del re? Su così fragile sostegno
    Mi vorreste appoggiar? Fra le mie dame
    Esservi non potria chi mi vendesse
    Alla vedova astuta, alla mortale
    Nemica mia? fra' cortigiani un vile
    Che mi tradisse? Il chiuso odio costoro
    Cangerian finalmente in armi aperte.
    Teso han già l' arco, e d' ogni stral bersaglio
    Farebbero il mio cor, se più difesa
    Non avesse in colui che lo rimbalza
    Contro i suoi vibratori.
    (*Commozione e raccapriccio in Struensée.*
           E voi sarete
    Inflessibile? Il pianto e le preghiere
    Della vostra regina alcuna forza
    Non avranno su voi? Deh proferite
    Questa parola : *Rimarrò.*

MATH.. *se levant.* Je désire parler au comte sans témoins. (*Keith et les deux Dames saluent et se retirent.*)

SCÈNE XIII

MATHILDE, STRUENSÉE.

MATH. Qu'ai-je entendu? Vous voulez m'abandonner, vous, Frédéric? Vous voulez oublier tout à coup ce que vous fûtes pour moi, ce que je fus pour vous? Allez! allez vous vanter de ce hautain refus! Pour un héros de théâtre, votre conduite est noble et grande. Fuir le danger, quitter lâchement le navire au milieu de la tourmente, abandonner une pauvre femme qui tend les bras de désespoir et voit s'ouvrir devant elle le gouffre du tombeau...

STR. O ma souveraine!

MATH. Est-ce que votre départ ne m'enlèverait pas tout espoir? De grâce, ne privez pas une pauvre femme de son seul et cher ami. Est-ce que l'amour du roi pourrait m'en tenir lieu? Me confieriez-vous à un si fragile soutien? Ne croyez-vous pas qu'il pourrait y avoir parmi mes femmes celle qui me livrerait à la veuve perfide, à mon ennemie mortelle? et parmi les courtisans un traître qui me trahît? La haine qu'ils portent dans leur cœur se changerait bientôt en guerre ouverte. Leurs armes sont prêtes, et ils ne m'épargneraient pas s'ils ne voyaient à mes côtés un homme capable de faire ricocher les flèches contre ceux qui les lancent. (*Struensée paraît ému.*) Serez-vous inflexible? Les larmes et les prières de votre reine n'auront aucune force sur votre âme? De grâce, prononcez ce mot : *je reste!*

STR.   Qual altra
Ne potria proferir lo schiavo eterno
D' ogni vostro voler? Berei la morte
Da quegli occhi divini ! E che spavento
Ha la morte per me? La melodia
Degli angeli m'inebbria e imparadisa
Quand' io v' ascolto, ed un' onda beata
D' altissime speranze a sè mi tira
Irresistibilmente; ond' io non penso
E non respiro che per voi.

MAT., *fra sè.*   Me lassa !
Che mai debbo ascoltar ! Mio cor, mio core
Armati di virtù *(forte.)*
                      Tal non vi bramo,
Conte! Freddo io vi bramo; a noi la calma
Or si conviene, il meditar tranquillo,
L'animoso proposto.

STR., *ricomponendosi lentamente, fra sè.*
                    Ove correa
La mia mente? *(forte.)*
                  Sì, sì; d' arditi e pronti
Consigli or ne fa d' uopo; a viso aperto
Gli avversarj affrontar, nè più sepolti
Starne, o regina, in Fridiburgo.

MAT.   E voi
Divisate?...

STR.   Che il re, che voi, che tutta
La Corte, anzi che il Sol da noi s' involi,
Ritorni alla città.

MAT.   Di Giuliana
Io la presenza sostener? Chinarmi
Alla donna abborrita?...

STR.   Il solo aspetto
Tollerar ne dovete, e non piegarle
Umile il capo. Regalmente altera,
Atteggiata di grazie e nella piena
Del dritto vostro, alla nemica offrirvi
Dovete voi.

MAT.   Nol posso.

STR.   E pur v'è forza !
Vuolsi l'inevitabile, o regina.
Con fermezza incontrar. In Fridiburgo
Era fisso il domani ad una danza

STR. Et quelle autre parole pourrait donc prononcer celui qui est à tout jamais votre esclave absolu ? Quoi ! je recevrais la mort de ces yeux divins ! Et que m'importe après tout de mourir ! Quand je vous entends parler, c'est une mélodie des anges qui me ravit, c'est une effluve de douces espérances qui m'attire irrésistiblement vers vous... Enfin je ne pense qu'à vous, je ne soupire qu'après vous.

MATH., *bas.* Hélas ! que dois-je entendre ? Oh ! mon pauvre cœur, arme-toi de courage. (*Haut.*) Ce n'est pas ainsi que je vous désire, Comte. Regardez froidement la situation : il nous faut du calme, de la réflexion, du courage.

STR., *revenant lentement à lui-même, bas.* Où donc avais-je l'esprit ? (*Haut.*) Oui, vous avez raison, reine, il nous faut prendre des mesures promptes et hardies. Affronter nos adversaires à visage découvert, et d'abord quitter ce tombeau de Friedbourg où nous sommes comme enterrés.

MATH. Quelle est votre idée ?

STR. Il faut que vous, le roi et toute la cour retourniez à la capitale avant la chute du jour.

MATH. Quoi ! je verrai la reine Julie ? Je devrai m'incliner devant la femme que j'abhorre ?

STR. Vous n'êtes forcée que de la voir, non de vous incliner devant elle. Vous devez montrer à la fois la dignité de la reine et les grâces de la femme, et aller droit à votre ennemie.

MATH. Je ne le puis.
STR. Cependant il le faut ! Ce que nous ne pouvons éviter, nous devons le subir avec fermeté. Un bal masqué devait avoir lieu à Friedbourg. Le masque, Madame, vous cachera aussi bien à la capitale ; que

Mascherata. La maschera, o regina,
Vi copra alla città; d'una mendace
Muta apparenza il vostro cor si veli.

MAT. Con quest'animo, o Conte, ad una danza
Pensar forse io potrei?

STR.   Sì, mia sovrana!
E non basta. Invitar cortesemente
Voi ci dovete la nemica.

MAT. *dopo una breve pausa.* Al cielo
Piaccia di secondar ciò che v'ispira!
E se pur nol seconda, almen la cara
Memoria di quest'ora un refrigerio
Alle pene sarà della mia vita. (*Struensée parte.*)

SCENA XIV

MATILDE *sola.*

Che dissi? Che ascoltai?... (*altera.*) Di Danimarca
Più non son la reina?
(*Cade in profondo pensiero, poi shigottita.*)
          Oh quale abisso!

SCENA XV

Camera della Regina Maria Giuliana. Parecchie porte.

La REGINA GIULIANA *seduta,* RANZAU *vicino a lei,* KOLLER, SCHACK, RATHLOW, GULDBERG, *seduti ad un tavolino ed occupati a scrivere. Pausa.*

SCH. *si leva e consegna alla regina un fascio di carte.*
Consigliero e non più della congiura
Mi volete voi dunque? Oprar non debbo?
Intraprendervi nulla?...

GIU.   Altro io non voglio
Mio buon Sacco, da voi. Consigli, avvisi,
Dateci a vostro senno; ma non amo
Che cosa alcuna avventuriate.

SCH.   Almeno

votre cœur se masque également sous l'apparence
décevante du calme.

MATH. Pourrais-je, sous cette contrainte, me livrer
aux plaisirs de la fête ?

STR. Oui, reine, mais cela ne suffit pas. Vous devez,
courtoisement, y inviter votre ennemie.

MATH., *après un moment de silence.* Que le Ciel
seconde vos desseins ! Mais alors même que votre
espoir serait déçu, le souvenir de ces courts instants
sera toujours une consolation de mes peines. (*Struensée sort.*)

SCÈNE XIV

MATHILDE, *seule.*

Qu'ai-je dit ? qu'ai-je entendu ? (*Avec hauteur.*)
Ne suis-je donc plus la reine de Danemark ? (*Elle
tombe dans une profonde méditation, puis elle se
redresse avec frayeur.*) Oh ! quel abîme !

SCÈNE XV

*Chambre de la Reine Marie-Julie. (Plusieurs
portes.)*

*La reine JULIE, assise, RANZAU, auprès d'elle,
KOLLER, SCHACK, RATHLOW, GULDBERG, autour
d'une table et occupés à écrire. Moment de silence.*

SCHACK, *se lève et remet à la reine une liasse de
papiers.* Vous ne voulez donc que mon vote dans la
conspiration et non mon concours ! Je ne dois donc
rien faire ?

JULIE. Je ne veux pas autre chose de vous, mon
bon Schack. Donnez-nous des conseils, de bons
avis ; mais je ne veux pas que vous courriez le
moindre péril.

SCHACK. Au moins répondez moi : Pourquoi le

Rispondetemi a ciò. Perchè non veggo
In questa illustre comitiva il prence
Vostro figlio, regina?
GIU.   Ove sapeste
Qual cor si mova nel petto materno,
Non vi udrei dimandar del figlio mio,
Le cure e le fatiche impormi io voglio;
Ed egli il frutto ne corrà, per certo.
      Gli uffici vostri, ottimo Sacco,
Sono altrove richiesti. In opportuna
Ora ci rivedremo. (*Parte Schack inchinandosi.*)

SCENA XVI

I PRECEDENTI *senza Schack.*

GIU.   Un cor d'eroe
Non ha certo colui. Che ne pensate
Ranzan? Gradevole vi torna
Riudir quali accordi e quai partiti
Nel consiglio far presi?... Or ben, Gulberga,
Accennatene i capi.
GUL. *guardando la carta che gli sta dinanzi.*
                          Era l'avviso
Di Vostra Maestà...
GIU. (*lo interrompe*) Di me non pure,
Ma di tutti i presenti era l'avviso.
GUL. *ripigliando la lettura.*
Che giovar due partiti alla caduta
Del ministro ci ponno. Il più spedito
La milizia amicarci e usar la forza
Sarebbe; e solo il nobile Ranzano
(Secondo la regina) è l'uom da tanto.
Coll'armi, a viso aperto...
RAN.   È questo il modo.
GIU. Parla un vero Bajardo. Anch'io lo dico:
Questo il modo saria. (*Sottovove a Ranzau.*)
                          Ma per gli eroi
Come un Ranzan. (*Forte*). Il popolo é l'amor
Di Giulïana. Gulberga, oltre leggete!
GUL. L'altro mezzo saria...

prince, votre fils, n'est-il point en si illustre compagnie?

JULIE. Si vous saviez ce que c'est que le cœur d'une mère, vous ne me feriez pas cette demande. Je veux avoir seule les soucis et les dangers, mon fils n'en recueillera que les bénéfices. Allez, cher Schack, vos fonctions vous réclament ailleurs. Mais bientôt nous nous reverrons. (*Schack part en saluant.*)

SCÈNE XVI

Les Mêmes, *moins* SCHACK.

JULIE. Ce brave homme n'a pas un cœur de lion. Qu'en pensez-vous, Ranzau? Voulez-vous que nous revoyions les conditions et les mesures arrêtées en notre conseil? Guldberg, faites-en lecture.

GULD, *prenant un papier.* Votre Majesté était d'avis...

JULIE, *l'interrompant.* Non, pas moi seule... toutes les personnes présentes étaient d'avis...

GULD., *reprenant sa lecture.* Que deux moyens pouvaient favoriser la chute du ministre; le plus prompt serait de gagner l'armée et d'employer la force : Ranzau seul, selon la reine, peut réaliser ce dessein. Les armes à la main, à visage découvert...

RAN. C'est le vrai moyen.

JULIE. C'est un Bayard qui parle, et moi-même je suis de cet avis. (*Bas à Ranzau.*) Mais seulement pour des héros comme un Ranzau. (*Haut.*) Le peuple m'aime. Guldberg, continuez.

GULD. L'autre moyen serait...

GIU.   Me ne sovviene :
 Di cogliere un momento, in cui non fosse
 Vigilato il monarca ; e per amore
 O per forza....

RAN.   Per forza ? Ove si legge
 Questa frase, o signor ?

GUL. *tocca il foglio.*   Qui, qui.

GIU.   Seguite,
 Gulberga !

GUL.   Indurlo incontanente a porre
 La sua cifra real sotto un decreto
 Preparato da noi per la cattura
 Del ministro e del Brando.

GIU.   Il Brando solo ?

GUL. Evvi pure un Golléro.

GIU.   A questi nomi
 Quello aggiungasi ancor della regina
 Matilde ; è buona previdenza.

(Mentre Guldberg scrive, entra un cameriere e
 consegna alla regina una lettera.)

         Oh vedi !
 Nuove da Fridiburgo. Ah, la mia cara
 Contessa ! Esempio di ben rara fede
 È quest'Ufelda. Egregia, ottima dama ! *(Legge.)*
 » Vi fu corsa a cavallo »... il ver m'han detto.

      (A Ranzau.)

 Da qual epoca, o Conte, è nelle usanze
 Di questa monarchia che le regine,
 Pari a garzoni petulanti, il palio
 Corrano cavalcando ? Ognor le cose
 Di male in peggio !... Udite, udite ! « Al fianco
 Stava della regina... ». Indovinaste ?
 « Il medico ministro. ». Affè se noi
 Ritardiamo il gran colpo, a tale audacia
 Costui verrà, che cingersi il vedremo
 La corona real di Danimarca...
 Ah sì ! com'io sperava. uno sgomento
 Vi destò la rivolta. « Il Conte... » è scritto
 Qui ; ma non posso agli occhi miei dar fede.
 No, no ! — Leggete voi !

JULIE. Ah! je m'en souviens : saisir le moment propice où le roi ne serait pas surveillé, et, de gré ou de force...

RANZ. De force? Où y a-t-il ce mot, seigneur?

GULD., *désignant le papier.* C'est écrit.
JULIE. Poursuivez, Guldberg.

GULD. L'amener à signer le décret préparé par nous et qui ordonne l'arrestation du ministre et de Brand.

JULIE. De Brand seulement?
GULD. Il y a aussi Koller.
JULIE. Ajoutez à ces noms celui de la reine Mathilde; c'est d'une sage prévoyance. (*Pendant que Guldberg écrit, un domestique vient remettre une lettre à la Reine.*) Ah! des nouvelles de Friedbourg. Cette chère comtesse! un rare modèle de fidélité que cette Uhlfeld. Excellente femme! (*Elle lit.*) « Il y a eu course à cheval. » On m'a dit vrai. (*A Ranzau.*) Depuis quand, Ranzau, est-il d'usage à la cour de Danemark que les reines se mettent à disputer le prix des courses à de pétulants cavaliers? Tout va de mal en pis. Ecoutez, écoutez! « A côté de la reine chevauchait... » vous devinez? « le médecin-ministre. » Vraiment, si nous retardons le coup décisif, cet homme en viendra à vouloir mettre sur sa tête la royale couronne du Danemark. Ah! voici, comme je l'espérais, une révolte militaire a jeté l'épouvante à la cour. « Le comte... » mais je n'en puis croire mes yeux; tenez, lisez vous-même.

RAN. *legge nella lettera che gli porge la regina.*

       « L'Ambasciatore
D'Inghilterra partito, ella rimase
Sola... »

GIU., *strappando la lettera dalle mani di Ranzau.*

    « Con lui! né volle alcuna dama
Presente! » Novo ed incredibil fatto!
E potrei tollerar che il re, che tutti
Della sua casa svergognar dovesse
Questa illecita tresca? Europa intera
Fremere ne dovrà quando la nova
Si diffonda...

U. C.   Regina! una gran cosa
Debbo annunciarvi.

GIU.   Ed è?

CAM.   Da Fridiburgo
Tornato è il re.

TUT.   Che dici?

CAM.   Il re con tutta
La Corte; e per dimani un mascherato
Ballo vi s'apparecchia.

GIU.   Oimè! traditi
Siam noi?..

RAN.   Nol temo.

   (Entra un secondo Cameriere.)

CAM.   Un paggio è qui; lo invia
La regina Matilde.

GIU.   A me? di questa
Ora?

CAM.   Urgente è il messaggio.

GIU.   Ha quel garzone
Veduto il cocchio di Ranzau?

CAM.   Non vide
Nè il suo nè gli altri. Nel cortile interno,
Come voi m'imponeste, ogni vettura
Fu pur dianzi tradotta.

GIU.   Ignora dunque
Chi sia con me?

CAM.   Di certo ei non sospetta
Che voi sola non siate.

GIU.   A me lo guida.
Nella sala entrate... Un breve indugio
Non vi tedj, o signori. Udito il paggio,

RANZ. *lit dans la lettre que lui tend la Reine.*
« L'ambassadeur d'Angleterre étant parti, elle resta
seule... »

JULIE, *arrachant la lettre des mains de Ranzau.*
« Avec lui ! et ne voulut' qu'aucune dame fût présente. » Voilà du nouveau et qui dépasse toute
croyance. Peut-on tolérer plus longtemps, pour l'honneur du roi et de la famille royale, une si criminelle
intrigue ? L'Europe entière en sera indignée quand
la nouvelle s'en répandra.

UN VALET. Reine ! je viens vous annoncer un grand
événement.

JULIE. Qu'est-ce ?

VALET. Le roi est revenu de Friedbourg.

RANZ. Que dites-vous ?

VALET. Le roi avec toute la cour ; et l'on annonce
pour demain un grand bal masqué.

JULIE. Dieu ! serions-nous trahis ?

RANZ. Je ne le crois pas. (*Un second valet entre.*)

VALET. Un page envoyé par la reine Mathilde.

JULIE. A moi, à cette heure ?

VALET. Le message est pressé.

JULIE. Ce jeune homme a-t-il vu le carrosse de
Ranzau ?

VALET. Il n'a vu ni celui-là ni les autres. Ainsi que
vous me l'aviez ordonné, toutes les voitures ont été
retirées dans la cour intérieure.

JULIE. Il ignore alors quelles personnes se trouvent
chez moi ?

VALET. Il est certain qu'il ne soupçonne pas que
vous ne soyez pas seule.

JULIE. Amenez-le-moi. Vous, messieurs, entrez dans
dans ce salon : ne vous déplaise attendre quelques

6

Terrem consulta.—È qui!—V'allontanate!
(*Tranne Giuliana si scostano tutti guidati dal
Cameriere.*)

SCENA XVII

GIULIANA, PAGGIO.

PAG., (*Presentandole una lettera.*)
   Da sua Maestà.

GIU.   L'invito ad una festa?
   Ah! da gran tampo i bei giorni del ballo,
   Son fuggiti per me... Ma non è questa
   La man della regina?.. Ella mi prega
   Di non mancar... L'invito accolgo.
        (*Paggio parte.*)
   Verrò. E se l'invito un laccio, un amo
   Fosse per adescarmi?.. e giunta a Corte
   Mi tenessero presa?.. È sogno il mio!
   Non fia mai. Ho deciso. Allor che l'alba
   Spegna le faci della danza, spenta
   Quella vita sarà. (*Apre l'uscio.*)
        Venite!
  (*Porge a Ranzau la lettera della regina.*)
        A voi!
   Leggete!

RAN., *dopo aver letto.*
    Risolveste?

GIU.   A quella festa
   N'andrò; n'andrem noi tutti, e di turbarvi
   Il tripudio, la danza, io già non penso.
   Ma nella notte, nella notte istessa
   Verrà la Danimarca alfin redenta;
   E noi liberi tutti, ora e per sempre,
   Dal nemico saremo.

RAN.   Egregiamente!
RAN. E vorreste, o regina?...

GIU.   Al novo Sole
   Dar terribile effetto a ciò che venne
   Pensato in questo dì. (*A bassa voce a Ranzau*)
        Non falla, o Conte,

instants. Aussitôt le page congédié, nous tiendrons conseil. Le voici. Éloignez-vous.

(*Tout le monde, Julie exceptée, s'éloigne avec le valet de chambre.*)

SCÈNE XVII

JULIE *et* LE PAGE.

PAGE, *en lui présentant une lettre*. De la part de Sa Majesté.

JULIE. Une invitation au bal. Hélas! les beaux jours de la danse sont passés pour moi. Mais n'est-ce pas la reine elle-même qui écrit? Elle me prie de ne pas y manquer. Eh bien j'accepte! J'irai au bal. (*Le page s'en va.*) Mais si cette invitation cachait un piége? Si une fois à la cour on m'y retenait prisonnière? Ah! je rêve. Allons, j'ai décidé ; dès que l'approche du jour fera éteindre les lumières, cette femme ne sera plus! (*Elle ouvre la porte.*) Venez. (*Elle tend à Ranzau la lettre de la reine.*) A vous, lisez !

RAN., *après avoir lu*. Avez-vous résolu?

JUL. J'irai à cette fête ; nous irons tous. Je ne pense nullement y troubler la joie des danses. Mais dans la nuit même le Danemark sera sauvé ; nous serons libres et débarrassés à tout jamais de nos ennemis.

GUL. Très-bien!

RAN. Et vous voudriez, madame...

JUL. Exécuter dès l'aube de demain ce que nous avons résolu aujourd'hui. (*Bas à Ranzau.*) Mon proll mio disegno. (*Forte agli altri.*)

Orecchio ognun di voi

Porga a quanto gli spetta, e serbi scritto
L'officio suo. Già tutto ho meditato,
Tutto risolto, e loco a mutamento
Non v'é. Pur cosi fievole talvolta
È la mia mente, che bramo alla penna
Ogni cosa affidata. (*A Koller.*)

A voi! Scrivete

ll primo, o Colonnello.

KOL.   Al venerato
Cenno obbedisco.

GIU., *mentre Koller scrive.* Sul finir del ballo
Prima ancor che si chiuda...

KOL., *ripete ciò che gli vien dettato.*

GIU. Al tocco... al tocco.
La danza sarà chiusa, allora... allora...

(*Tutti attenti alle parole della regina.*)

(*Cade il sipario.*)

FINE DELL' ATTO II.

jet ne peut faillir. (*Haut aux autres.*) Que chacun de vous fasse attention à ce qui le concerne et garde ses ordres par écrit. Tout est médité, tout est résolu, il n'y a plus à y revenir. Mais ma mémoire est souvent si infidèle, que je désire avoir tout par écrit. (*A Koller.*) A vous, colonel, écrivez le premier.

KOL. J'obéis à vos ordres vénérés.

JUL., *pendant que Koller écrit.* A la fin du bal, avant même que l'on ferme...

KOL. *répète ce qu'on lui dicte.*

JUL. A une heure. (*Elle reprend.*) A une heure, les danses seront terminées, alors... alors... (*Tout le monde est attentif aux paroles de la Reine.*) La toile tombe.

FIN DU DEUXIÈME ACTE.

ATTO TERZO

Sala che conduce alla gran sala da ballo.

SCENA PRIMA

Precedono quattro Paggi. MATILDE, GIULIANA,
GULDBERG, KEITH, CONTESSA UHLFELD,
DAME, CAVALIERI. *s'avanzano.*

GIU. Regina, io vel ripeto : un buon pensiero
Certo il vostro non fu, sebben cortese,
D' invitarmi alla festa. A tai diporti
Goda la fresca gioventù ; conviensi
Meglio a me, come soglio, una preghiera
E qualche ora di sonno, anzi ch' io m'oda
Sonar la mezzanotte.

MAT.   Io veggo, io sento
Quanto debba costarvi il grazioso
Venir vostro fra noi. Ma dell' averci
Secondato, o regina, un caldo voto
Non è bello il pentirvi. Uscir di mente
Non vi può che la perla, il fior voi siete
Della festa.

GIU.   No, no! Voi della festa,
Come del regno, la corona; e raggio
Non vien se non da voi. *(Fissandola attentamente.)*
               Più bella, invero,
Più florida, o regina, io vi riveggo
Qual mai non mi appariste... È strana cosa !
Vengo or or dal monarca, il figlio mio.
Lo trovai macilente e sconsolato.
Cosa strana, diss' io! Qui l'allegrezza
E la salute, il pallor della morte
Ivi e l'aspetto dell' angoscia.
*(Dopo le prime parole della regina Giuliana, i
cortigiani si erano ritirati nel fondo della
scena. Le due regine parlano a voce bassa.)*

MAT.   Tocco
Dalle sue sofferenze il vostro core

ACTE TROISIÈME

Salon donnant sur la grande salle du bal.

SCÈNE PREMIÈRE

Quatre Pages *précèdent* MATHILDE, JULIE, GULD-
BERG, KEITH, COMTESSE UHLFELD, des Dames,
des Chevaliers.

jul. Oui, reine, je vous le répète, ce ne fut par une
bonne pensée, bien que courtoise, que de m'inviter à la
fête. Ces amusements conviennent à la jeunesse ; pour
moi, mieux vaut la prière et quelques heures de sommeil bien avant que j'entende sonner minuit.

math. Je vois, je sens quel sacrifice vous vous im-
posez en nous honorant de votre présence, mais il
n'est pas généreux à vous, madame, de regretter le
plaisir que vous nous faites. Vous ne pouvez oublier
que vous êtes l'ornement, la perle de ce bal.

jul. Non, non, c'est vous qui êtes le joyau du
royaume ; l'éclat ne vient que de vous. (*La regardant fixement.*) Jamais je ne vous vis si belle, si flo-
rissante ! Je viens de voir le roi, mon fils. Je le trouvai malingre et triste. C'est étrange ! Ici la gaieté et
la santé, chez lui, la pâleur de la mort et l'expression
de la douleur. (*Dès les premières paroles de Julie les
courtisans se sont retirés au fond de la scène. Les
deux reines parlent bas entre elles.*)

math. Votre cœur n'est certes pas plus pénétré que
le mien des souffrances du roi, mais je ne puis com-

Più del mio non è certo. Alla tristezza
Però non posso comandar che vesta.
Del suo squallor le mie giovani guance.
Contrasta tuttavia col fior degli anni,
Regina, il mio dolore; e se la lotta
Alcun tempo durasse, a'miei nemici
Darei la inestimabile dolcezza
Di vedermi appassita e già vicina
Alla tomba.

GIU., *come non avesse dato retta a queste ultime*
parole

       Si, si, non pochi affanni
Avrà lo sventurato in questo tempo
Ultimo tollerati!

MAT., *frenando a stento lo sdegno.*
           In questo tempo
Ultimo no. L'inferma anima sua
Degli affanni si duol che nell' infanzia
Tollerar gli fu d'uopo.

GIU.   E chi potrebbe
Questo asserir?

MAT.   La voce in Danimarca
Sparsa che il fanciulletto abbia veleno.

GIU. Favole, storie di nudrici.

MAT.   Storie
Di nudrici, egli è ver! Fu ben la sua
Che gli dette a succhiar l' avvelenata
Méscita...

GIU.   Se gustate un tal diletto
Nell'udir le calunnie svergognate
Di compri infami servi... (*Si ravvede.*)
            Ah, ma la gioja
Della festa turbiam con importuno
Colloquio! Al ballo la sua dea ritorni,
Ed io... Finor, regina, io non v' ho stretta
Al materno mio petto... acconsentite!
(*Mentre la regina Matilde le si avvicina con*
passi tremanti, Giuliana fra sè.)
Ti ricambio il veleno! (*bacia Matilde in fronte*)

MAT., *fra sè.*)   Il cor mi freme!

GIU.   Regina! Il figlio mio
V'attende!

MAT., *si riscuote dal suo pensiero con un tremito.*

mander à la tristesse de blêmir mes joues de vingt ans. Cependant ma douleur contraste avec mon âge, et si cette lutte durait encore longtemps, je donnerais à mes ennemis le bonheur inestimable de me voir dépérir et toucher au tombeau.

JUL., *comme si elle n'avait pas écouté ces dernières paroles*. Oh! oui, le malheureux a dû souffrir beaucoup, surtout dans ces derniers temps.

MATH., *se contenant à peine*. Pas dans ces derniers temps. Sa pauvre âme se plaint des douleurs qu'elle a endurées dans son enfance.

JUL. Qui pourrait soutenir une assertion pareille?

MATH. Le bruit a couru en Danemark que l'enfant avait reçu du poison...
JULIE. Des fables, propos de nourrices.
MATH. Propos de nourrices, c'est vrai. Ce fut en effet la sienne qui lui fit absorber un mélange empoisonné.

JULIE. Si vous trouvez tant de plaisir à écouter les ignobles calomnies de serviteurs vendus... (*Se reprenant.*) Mais nous troublons la joie de cette fête par des conversations inopportunes. Que la déesse retourne à son bal, moi... Mais je pense, reine, que je ne vous ai pas encore embrassée... de grâce... souffrez que je... (*Mathilde s'approche en chancelant, Julie, à part.*) Je te rends ton poison! (*Elle baise Mathilde au front.*)

MATH., *à part.* Je frémis!
JULIE. Reine, mon fils vous attend.

MATH., *sortant de sa rêverie et frémissant.* Quelle

Oh qual tortura! (*A Giuliana*.)
Or, se vi piace,
Entriam nella gran sala. (*Tutti partono*.)

SCENA II

KOLLER, GULDBERG.

KOL.   Ancor veduto
Non lo avete il Ranzau?
GUL., *accostandozi a lui dopo aver ben guardato
d'attorno.*
                         L'ho cerco invano
Fin qui.
KOL.   Pur nella sala?
GUL.   Io ogni dove...
KOL. Viva Dio!... Se tradito egli n'avesse?
Tremo al solo pensarvi!
GUL.   È meglio
Rientrar nella sala. Ove notati
Fossimo insiem, cader qualche sospetto
Su noi potria. Venite!
KOL.   Io debbo il Conte
Cercar. N'andate voi. Fin ch io nol vegga
No, tranquillo non sono. (*Partono da lati opposti.*)

SCENA III

CONTE DI RANZAU *mascherato entra dal lato destro
e va cercando qualcheduna; non trovandolo
esce per la porta di mezzo. Dal lato sinistro
MATILDE, e poi STRUENSÉE s'avanzano.*

MAT.   Oltre non posso
Durar. Sottrarmi io debbo a questa gioja
Tulmutuosa che mi uccide... Alcuno
Mi segue?... È Federigo. Alfin disdetto
Il piangere non m'è; liberamente
Oso alfin respirar dalla penosa.

torture ! (*A Julie.*) Si vous le voulez bien, nous allons rentrer dans la salle du bal. (*Elles s'éloignent.*)

SCÈNE II

KOLLER, GULDBERG.

KOLL. Vous n'avez pas encore vu Ranzau ?

GULD., *s'approchant avec précaution.* Je l'ai vainement cherché jusqu'ici.

KOLL. Dans la salle de bal aussi ?
GULD. Partout.
KOLL. Vive Dieu ! s'il nous avait trahis ! Je tremble en y pensant.
GULD. Il vaut mieux rentrer dans la salle; si l'on nous voyait ensemble, on pourrait soupçonner quelque chose. Venez !

KOLL. Il faut que je cherche le comte. Vous êtes libre d'y aller; mais tant que je n'ai vu Ranzau, je ne suis pas tranquille. (*Ils partent du côté opposé.*)

SCÈNE III

LE COMTE DE RANZAU *entre par la droite, il est masqué et cherche quelqu'un; ne le trouvant pas, il sort par la porte du milieu.* MATHILDE, *et ensuite* STRUENSÉE *entrent par la gauche.*

MATH. Je ne puis y tenir plus longtemps. Cette joie bruyante me tue. Quelqu'un me suit. C'est Frédéric. Enfin, il m'est permis de pleurer. Enfin, je respire librement. Plus de feintes ! Dans les yeux souriants de ma belle-mère je lis la haine, le désir de vengeance, et sur les lèvres mielleuses de son fils

Mia finzïon. Negli occhi sorridenti
Della matrigna io leggo ira, vendetta ;
E sul labbro melato e lusinghiero
Del principe suo figlio, una minaccia
Spaventosa. Infelice è ben la sorte
Della donna odïata !

STR. *avanzadosi.*   Oh che diceste!
Voi, regina, odïata? Agli occhi miei
Par che tutto il creato arda d'amore
Per voi! che non sia fola il cinto arcano
Della greca Afrodite, e che di nuove
Grazie ringiovanito, il fianco avvolga
Alla donna regal che mi favella.
Quel fior che vi profuma ed invermiglia
L'alabastro del sen più non ricorda
Il suo cespo nativo ; egli sospira,
Egli sente, o regina ! Un'altra vita
Incantata gli avete ; e non respira
E non sente quel fior che per amarvi.
Non volgete la fronte ! Uno sgomento
L'odio vi desta, e condannar l'amore
Potreste voi? Se leggermi nell' alma.....

MAT. Vi leggo, e basti.

STR.   Oh dunque a voi non dolga
Che tutta alfin si sveli, e vi palesi
Qual lunga e fiera lotta ella sostenne
Fra il timor, la speranza e lo sconforto.

MAT. Tutto io so ; non seguite.

STR.   E perdonarmi
Generosa potete? e la presenza
Mia sopportar? nè terror, nè ribrezzo
V' inspirano un demente e detti e sguardi
Dal delirio scomposti? e non fuggite,
Spaventata, da me?

MAT.   Dovrei, lo sento,
Colpevole trovarvi, e rea me stessa,
Nol potendo, conosco. Ah sì ! trovarvi
Tal dovrei ; perchè mai non vi sovvenne
Che la donna scettrata altro non cerca
Che fede ?... E voi cercate... Ah no ! dal labbro
Non mi sfugga quel nome, io non potrei,
Se mi sfuggisse, perdonar.

(*Appariscono le sue dame, alle quali Matilde*

une menace effrayante. Oh! triste est le sort d'une femme détestée!

STR., *s'avançant.* Que dites-vous, reine? détestée! A mes yeux, au contraire, le monde entier brûle d'amour pour vous. Non, la ceinture de la Vénus grecque ne sera pas une fable; rajeunie par des grâces nouvelles, elle entourera la taille de la femme auguste qui me parle. Cette fleur qui vous pénètre de son parfum et rougit votre sein d'albâtre a oublié son rameau natal; elle semble vivre, soupirer. O reine! Elle voit s'ouvrir pour elle une autre existence enchantée, elle ne respire, elle ne sent que l'amour pour vous. Vous détournez le regard? Est-ce la haine de votre rivale qui vous effraye et vous fait condamner l'amour? Ah! si pouviez lire dans mon cœur!

MATH. J'y ai lu et cela suffit.

STR. Oh! alors ne vous irritez pas si je vous dévoile tout entière cette longue lutte qu'il a eu à soutenir entre la crainte, l'espoir, le découragement.

MATH. Je sais tout, ne poursuivez pas.

STR. Et vous avez la générosité de me pardonner? de supporter ma présence? Ma démence ne vous inspire pas la terreur, mes paroles, mes regards délirants ne me font pas repousser de vous? Quoi, vous ne fuyez pas épouvantée?

MATH. Je le devrais, je le sais, mais je ne le puis, et je me sens moi-même coupable de ma faiblesse. Oh! oui, je devrais vous trouver criminel. Pourquoi avez-vous oublié qu'une femme couronnée ne demande que des serviteurs fidèles? Et vous cherchez... ah! non, il ne faut pas que je prononce ce mot... s'il m'échappait, je ne pourrais plus vous pardonner. (*Paraissent les Dames de la cour. Mathilde va a leur rencontre. Struensée l'accompagne jusqu'à la*

*muore incontro. Struensée l' accompagna
fino alla porta di mezzo, poi vivamente
commosso s' incammina verso il fondo della
scena seguendo cogli occhi la regina.)*

SCENA IV

STRUENSÉE, *solo.*

             Mi lascia
Dignitosa e sublime alla sembianza
D' una dea. Come regalmente altera
Nell' odio si mostrò! Come divina
Nel perdono!... Ella sa!... D' un peso enorme
S' è sgravato il mio cor! Più non m' è forza
Nasconderlo a me stesso, e le pupille
Sbigottite atterrar. Muori, o felice
Degno d' invidia! Tu vivesti assai.
    *(In atto d' entrar nella sala una maschare
      bianca gli taglia il passo.)*

MAS. Conte!
STR.   Parli con me?
MAS.   Con te!
STR.   Che cerchi?
Che vuoi?
MAS.   Voglio ammonirti. Un gran periglio
Ti sta sopra.
STR.   Lo so.
MAS.   Vicino!
STR.   Forse.
MAS. L' anima hai tu sicura, e pur dovresti
Tremar.
STR.   L' alma sicura è il miglior faro
Per la nave in burrasca.
MAS.   I lacci occulti
Tesi al tuo piè discernere non puoi;
Nè chiamarti felice, anzi che il novo
Sol si rischiari.
STR.   Chi sei tu? Finisci,
Misteriosa ammonitrice.
MAS.   Amico
Io non ti sono.

porte du milieu; puis, vivement ému, il marche vers
le fond de la scène en suivant des yeux la reine.)

SCÈNE IV

STRUENSÉE, seul.

Elle me quitte avec dignité, avec le regard sublime
d'une déesse. Comme elle s'est montrée royalement
hautaine dans sa colère! Qu'elle est divine dans le
pardon! Enfin elle a mon secret. Mon cœur est dé-
grevé d'un poids énorme. Je n'ai plus besoin de le
dissimuler à moi-même, et de baisser les yeux avec
frayeur. Maintenant je puis mourir digne d'envie.
J'ai assez vécu. (*Au moment d'entrer dans la salle
un masque lui barre le passage.*)

MAS. Comte!
STR. Est-ce à moi que tu parles?
MAS. A toi.
STR. Qui cherches-tu? Que veux-tu?

MAS. Je veux te mettre en garde. Un grand danger
te menace.
STR. Je le sais.
MAS. Un danger imminent.
STR. Peut-être.
MAS. Tu as du courage et cependant tu devrais
trembler.
STR. Le courage qui vient de la sûreté de l'âme est
la meilleure sauvegarde.
MAS. Tu ne peux voir les piéges occultes tendus sur
ton chemin. Tu ne peux t'estimer heureux avant le
retour du soleil à l'horizon.

STR. Qui es-tu? Conclus donc, mystérieuse con-
seillère.
MAS. Je ne suis pas ton amie.

STR.   Or ti conosco.

MAS.   E sia;
Nulla questo rileva. Il tempo stringe;
Giovati del consiglio. È solo un mezzo
Che ti possa salvar.

STT.   Qual è?

MAS.   Ti porta
Con solleciti passi al tavoliere
Ove giuoca il monarca, e lo scongiura,
Presenti i Cortigiani, a liberarti
Dal grave officio che t' impose. Adduci
Qual cagion più t' aggrada: a te la scelta;
Purchè dell' alta dignità ti spogli
Onde il re ti vestia per la sciagura
Di questa terra, e che ti fascia il corpo
Come una veste avvelenata.

STR., *getta uno sguardo di sprezzo alla maschera e*
      s' avvia.

MAS. *lo prende per mano.* Parti?

STR. *impugna la spada.*
Dunque inerme son io?

MAS.   Lo sei. Quel brando
Non ti difende. — Un' ultima parola.
Nel favor de' monarchi hai troppa fede!
Bada! potria follirti. Il re medesmo...

UN CAMERLENGO *esce dalla sala e s' accosta a*
      Struensée.
Conte! Sua Maestà vi attende al giuoco. (*Parte.*)

STR. Or bene, udito hai tu? Mi chiama al giuoco
Chi dovrebbe atterrarmi: A te son grato,
Maschera, dell' avviso. Io nondimeno
Penso che non m' è sopra alcun disastro.
No! perdita non teme un uom che giuoca
Coi re.   (*Parte.*)

SCENA V

RANZAU.

 Tu perderai per questo **appunto**
Che tu giuochi coi re.

STR. Maintenant, je sais qui tu es.

MAS. Soit. Cela ne fait rien à l'affaire. Le temps presse. Profite de l'avis. Tu n'as qu'un moyen pour te sauver.

STR. Quel est-il ?

MAS. Tu vas te rendre aussitôt à la table de jeu du roi et supplier Sa Majesté, devant toute la cour, de te débarrasser du fardeau de l'Etat. Invoque tel motif que tu voudras, pourvu que tu te dépouilles de la haute dignité dont le roi t'a investi, pour le malheur du Danemark, et qui t'enserre comme une robe empoisonnée.

STR., *jette un regard dédaigneux au masque et s'éloigne.*

MAS. Tu t'en vas ?

STR., *mettant la main à l'épée.* Je suis donc désarmé ?

MAS. Tu l'es, car cette épée ne te défendra pas. Un dernier mot. Tu comptes trop sur la faveur des monarques. Prends garde ; elle pourrait te manquer. Le roi lui-même...

UN HUISSIER, *venant de la grande salle et s'approchant de Struensée.* Comte, Sa Majesté vous attend au jeu. (*Il sort.*)

STR. Tu l'entends ? Celui qui devrait me renverser m'appelle au jeu. Je te sais gré, beau masque, de tes avis, mais je persiste à croire qu'aucune disgrâce ne me menace. Non, un homme qui joue avec les rois n'a rien à redouter. (*Il sort*).

SCÈNE V

RANZAU, *seul.*

Tu perdras précisément parce que tu joues avec les rois.

7

SCENA VI

KOLLER, RANZAU, *indi* GULDBERG *dalla sala.*

KOL. *vede Ranzau:*   Alfin vi trovo!
Tardi più del dovere!

RAN.   A me il rabbuffo?

KOL. A voi, Conte Ranzau.

RAN.   Chi mai v' insegna
A chiedermi ragion dell' opre mie?

KOL. E chi mai, signor Conte, insegna a voi
Questo lungo indugiar, quando a noi tutti
La maestà della regina impose
D' apparir sulla festa anzi che suoni
La mezzanotte?

RAN.   Se tardai fu solo
Perchè mi piacque di tardar.

KOL.   L' indugio
Nel punto dell' impresa è un tradimento.

RAN. Il loco ove noi siam dalla risposta
A quest' insulto vi protegge.

KOL.   Usciamo!
E sciogliere la lingua a grado vostro
Voi potrete così.

RAN.   Precedo!

GUL. *s' avanza, dopo aver in disparte udito il
colloquio.*
         Io debbo
Rammentarvi, o signori, in quale istante
Voi, capi alla congiura, una meschina
Lite discordi. Lasciatemi la gioja
Di placar due valenti.

RAN.   Alcun rancore
Non serbo.

KOL.   Ecco la mano! (*S'impalmano.*)

GUL.   Al ciel sia lode!
Di trovarne assembrati al gran cancello
Che nell' atrio introduce, allor che batta
L' oriol della chiesa il terzo tocco,
La reina comanda.

RAN.   E come aprirci
L'adito al re? La chiave?

SCÈNE VI

KOLLER, RANZAU, *ensuite* GULDBERG, *venant de la salle de bal.*

KOLL., *voyant Ranzau.* Enfin je vous retrouve, mais plus tard qu'il ne fallait.

RANZ. A moi, ce reproche?

KOLL. A vous, comte Ranzau.

RANZ. Et qui vous donne le droit de me demander compte de mes actions ?

KOLL. Et qui vous donne le droit, comte, de vous mettre en retard, lorsque la reine nous a ordonné à tous de paraître au bal avant minuit?

RANZ. Si j'ai tardé, c'est qu'il m'a plu de tarder.

KOLL. Le retard, au moment de l'exécution, est une trahison.

RANZ. Le lieu où nous nous trouvons vous protége contre la réponse que je devrais faire à cette insulte.

KOLL. Sortons ! vous pourrez alors délier la langue à votre gré.

RANZ. Je vous précède!

GULD. *s'avance après avoir écouté la dispute à l'écart.* Je dois, messieurs, vous rappeler quel moment vous choisissez pour vous livrer à une misérable querelle, vous, les chefs de la conspiration. Accordez-moi la joie de pacifier deux braves.

RANZ. Je ne garde aucune rancune.

KOLL. Voici ma main ! (*Ils se donnent la main.*)

GULD. Dieu soit loué ! La reine ordonne que, au troisième coup de l'horloge, nous nous réunissions à la grande grille qui ferme l'entrée du château.

GUL.   Ad ogni cosa
　　Provvidi. I servi ho compri...
(*Suono di trombe e timpani nella sala. N' escono*
　　　　parecchie maschere.)
KOL.   La regina
　　Parte!
GUL.   Entriam nella sala, e poi la festa
　　Solleciti lasciamo. (*Partono.*)

SCENA VII

Ingrosso del Castello in Cristiansburg.

MASCHERE *e* CONVITATI *attraversano il palco in
direzioni diverse. Da ultimo* STRUENSEE *e*
DETLEV. *Alcuni Servi precedono con fiaccole.*

STR.   È tale, è tale,
　　Buon Detlévo, la cosa. Ho questa notte
　　Consegnata la guardia alla bandiera
　　Che stimai più fedel. Securi al tutto
　　Siam da' nostri nemici. Il reggimento
　　Di Koller ne protegge e tien gli sbocchi
　　Della città.
DET.   Riporre una tel fede
　　In colui?
STR.   Ch'io non fidi in un amico
　　Oggi vuoi tu? Pur dianzi era la vecchia
　　Regina, era il Ranzan la tua paura,
　　Ora è quest' uom? Su via! Che ti conturba,
　　Detlévo?
DET. *si getta a terra e abbraccia le sue ginocchia.*
　　　　　　O mio signor! Non ributtate
　　Un avviso del ciel!
STR.   Che ti spaventa?
　　La tua faccia è stravolta.
DET.   Un sogno, o Conte!...
　　Ma no! Sogno non fu!... come or vi miro
　　Io così vi mirai.
STR., *rialzandolo.*   Vuoi ch'io t'intenda?

ʀᴀɴᴢ. Et comment arriverons-nous jusqu'au roi?
La clef?

ɢᴜʟᴅ. J'ai pourvu à tout; les valets sont gagnés....
(*On entend résonner les timbales et les trompettes
dans la salle du bal. Plusieurs masques en
viennent.*)

ᴋᴏʟʟ. La reine se retire.

ɢᴜʟᴅ. Entrons dans la salle pour quelques instants,
puis quittons la fête sans bruit. (*Ils sortent.*)

SCÈNE VII

*L'entrée du château de Christiansbourg. Des mas-
ques et des invités traversent la scène dans diver-
ses directions. Ensuite* STRUENSEE *et* DETLEV.
Quelques laquais les précèdent avec des torches.

ꜱᴛʀ. C'est ainsi, mon cher Detlev... J'ai remis cette
nuit la garde du château au corps que je crois le
plus fidèle. Nous sommes parfaitement à l'abri de nos
ennemis. Le régiment de Koller nous protége et
garde les avenues de la ville.

ᴅᴇᴛ. Tant de confiance dans cet homme!

ꜱᴛʀ. Quoi! tu veux que je ne me fie pas à un ami?
Tout à l'heure c'était la vieille reine, c'était Rauzau
qui te donnaient ombrage, maintenant c'est Koller?
Allons donc! qu'est-ce qui te donne ces idées, Detlev?

ᴅᴇᴛ., *se jette à ses genoux.* Oh! mon seigneur, ne
dédaignez pas un avis du ciel.

ꜱᴛʀ. D'où vient ta frayeur? Tu as la figure toute
troublée!

ᴅᴇᴛ. Un rêve, comte! que dis-je, un rêve! Je vous
ai vu comme je vous vois.

ꜱᴛʀ., *le relevant.* Veux-tu que je te comprenne?

Calmati, mio garzone. Un tristo sogno
Sconvolgere potrebbe il tuo buon senno?
Parla, via!

DET.   Non fu notte di riposo
La passata per noi; mi chiuse in questa
Un sonno irresistibile le ciglia;
E nel sonno mi apparve una fatale
Vision. Sulla piazza, ove si tronca
La testa a' malfattori, io m' aggirava
Doloroso, inquieto. Innanzi agli occhi
Stavami un palco di rosso colore;
Sul palco un negro ceppo ed una scure.
Vedea pescia venirne un tristo e lento
Drappello, e nel suo mezzo un uom legato,
Che muto e curvo procedea. La scala
Del supplizio egli ascende... un vivo lampo
Mi percote negli occhi: era la scure
Levata in alto... Una lagrima ardente
Per la guancia mi scorre... io guardo, e veggo...
Veggo a' piè rotolarmi un sanguinoso
Teschio... Al desio d' affigurarne il volto
Regger non so... Lo afferro abbrividendo
Pei neri crini stillanti di sangue...
Ed, ahi, ravviso...

STR.   Non seguir, Detlévo!

DET. No, no! Lode al signor; voi siete in vita...
Era il capo d'un altro.

STR.   Io vivo, e tema
Non ho. Ti rassicura. Il mio nemico,
Per quanto il suo maligno odio lo sproni,
Armar non l' oserà della mannaja.
Armi vi son più certe e più segrete
Della Giustizia... Ma temer di queste
Pur non poss' io. Presagi ancor non sento
Della mia morte. Ho pieno, ho caldo il core
Di vigor giovanile, ed animose
Opre maturo, nè vuoti fantasmi
Mi sanno impaurir.

DET.   Ma pur l' istoria,
Mi narra che parecchi a' buoni avvisi
Chiuser l'orecchio e tardi e invan lo apriro.

STR. Non temo Idi di Marzo in questa notte;
E diman, poi che il sonno avrà tai larve

sois plus calme, mon garçon. Un mauvais rêve pourrait-il déranger ton cerveau? Allons, explique-toi!

DET. Vous savez que la nuit dernière n'a pas été pour nous une nuit de repos. Cependant un sommeil irrésistible m'assoupit un instant. J'eus alors une fatale vision. Je me voyais sur la place où l'on coupe la tête aux malfaiteurs; j'étais triste, affligé. Devant mes yeux se dressait un échafaud peint en rouge, et sur l'échafaud un billot noir et une hache. Une troupe morne et silencieuse s'avançait sur la place, et au milieu de cette troupe un homme garrotté et ployant sous le poids de sa douleur. Il monte l'échelle du supplice... un éclair éblouit mes yeux... c'est la hache levée en l'air. Des larmes brûlantes coulent le long de mes joues, je regarde, je vois... Ah! une tête sanglante qui roule à mes pieds! Je ne puis résister à la tentation de voir la figure du décapité... je la saisis en frissonnant par ses noirs cheveux ruisselant de sang, et je reconnais...

STR. N'en dis pas plus, Detlev!

DET. Non, non, grâce au ciel, vous êtes vivant... c'était la tête d'un autre.

STR. Je suis vivant et ne crains rien. Rassure-toi: mon ennemi, quelle que soit sa haine perfide, n'osera pas mettre la hache du bourreau à son service. Il est des armes plus sûres et plus cachées que celles de la justice. Mais même celles-ci je n'ai pas à les redouter. Rien encore ne me présage une fin prochaine mon cœur est plein d'ardeur juvénile, ma tête médite des exploits élevés : de vains fantômes ne me feront pas peur.

DET. Cependant l'histoire me dit que plus d'un homme d'Etat a fermé l'oreille à de sages conseils pour ne l'ouvrir que trop tard.

STR. Je ne crains pas les Ides de mars pour cette nuit, et demain, lorsque le repos aura chassé ces fan-

Dissipate da te, pe' tuoi terrori,
Tristo profeta, rampognar ti voglio.
(*Esce per la porta a mano destra. Lo seguono i
servi colle fiaccole.*)
DET. Io per te veglierò. (*Gli va dietro.*)

SCENA VIII

Dopo una breve pausa KOLLER *con* UFFICIALI,
indi DETLEV.

KOL., *agli Ufficiali.*
　　Come or or vi dicea, colla regina
　　Strinse lega il ministro, e il re vi corre
　　Periglio.
UFF. 　　　　Morte al traditor!
KOL. 　　　　　　　Sì, morte!
　　E l' avrà quel fellon quando ritorni
　　Il Conte di Ranzau. Che non indugi!...
　　Che la mano del re...
DET., *apre la porta al lato sinistro.*
KOL. 　　　　　　Chi veglia ancora?
DET.. *mette mano alla spada.*
　　Qual rumor?
KOL. 　　　　Siam traditi!
DET., *lo riconosce.* 　　　　Oimè! traditi?...
　　Siete voi, Colonnello?.. ed in quest' ora?..
　　Che fu? Che vi conduce?
KOL., *fra sè.* 　　　　　Ora m' è d' uopo
　　Di fermezza e d' audacia.
　　　　(*Accostandosi a Detlev, a voce alta.*)
　　　　　　　　A me la chiave,
　　Che m' introduca al tuo signor.
DET. 　　　　　　　　Di notte?
　　Giammai!
KOL. 　　　Ricusi tu? Noi siam mandati
　　Dal re.
DET. 　　　Mentite! Il re non manda armati
　　E notturni messaggi al suo ministro.
　　Traditori voi siete!
KOL. 　　　　　A me la chiave,
　　Se t' è cara la vita! Io te! ripeto.

tômes de ton imagination, je te gronderai, petit pro-
phète de malheur ! (*Il sort par la porte de droite;
les valets le suivent avec des torches.*)

DET. Je veillerai sur toi. (*Il le suit.*)

SCÈNE VIII

*Après une courte pause, KOLLER arrive avec huit
Officiers, ensuite DETLEV.*

KOLL., *aux Officiers.* Ainsi que je vous le disais, le
ministre conspire avec la reine, et le roi court les
plus grands dangers.

OFFICIERS. Mort au traître !
KOLL. Oui, mort au traître ! et il l'aura dès le retour
du comte de Ranzau. Pas d'hésitation ! que la main
du roi...

DET., *ouvre la porte de gauche.*
KOLL. Qui est là?
DET., *mettant la main à l'épée.* Quel est ce bruit ?

KOLL. Nous sommes trahis !
DET., *le reconnaissant.* Quoi, trahis? C'est vous,
colonel à cette heure? qu'y a-t-il? qu'est-ce qui vous
amène?
KOL., *à part.* Maintenant il faut de la fermeté, de
l'audace. (*Haut à Detlev.*) Donne-moi la clef pour
entrer chez ton maître !

DET. La nuit? Jamais !

KOL. Tu refuses? Nous sommes envoyés par le roi.

DET. Vous en avez menti! Le roi n'envoie pas à son
ministre des messages nocturnes, par des hommes
armés.
KOL. A moi la clef, te dis-je, si tu tiens à la vie !

DET. La rifiuto a tal prezzo! Un ferro io stringo...
Del mio signore è il sangue mio ; nè piede
Là voi porrete me vivente.

KOL., *lo trafigge*.   Muori
Dunque, ribaldo.

DET., *si trascina alla porta e cade*!
                    Tradimento!
                                        (*Muore*.)

KOL.   Lieve
Contrasto.

STR., *dentro la scena*.
                    Lume!

SCENA IX

Detti e STRUENSÉE.

KOL.   Per l' inferno, il Conte !

STR., *colla spada sguainata nella destra e con una
fiaccola nella sinistra*.
    Mosse il grido di qui...
                    (*Vede il cadavere di Detlev*.)
                        Gran Dio ! che veggo ?
Detlévo ? il mio Detlévo ?.. Ah, quella spada
Che minacciava il petto mio, trafisse,
Misero, il tuo ! - Chi fu, chi fu la mano
Rea di tanto misfatto ? Ove la trovo ?

KOL., *risoluto gli si affaccia*.
    Essa innanzi vi sta. Prigion voi siete
Per comando reale. Il vostro ferro !

STR. Un abbaglio non è di tenebrose
Potenze ? Voi ? L'amico mio ?

KOL.   Cercate
Fuor del suolo danese i vostri amici,
O smascherato traditor !

STR.   Prigione
Io ? Nell' augusto nome io sol comando.
Mostratemi il mandato !

KOL., *Tace. Sgomento universale*.

STR.   Ov' è ?.. Tacete,
Mentitore impudente ? È tutta vostra
(Non erro io no,) la iniqua e pazza impresa

DET. Je n'en veux pas à ce prix. J'ai une épée, mon sang est au service de mon maître, et personne ne passera cette porte, moi vivant.

KOL., *le frappe.* Eh bien! meurs donc, scélérat!

DET. Trahison! (*Il se traîne à la porte et tombe.*)

KOL. Ce n'est rien.

STR., *dans la coulisse.* Des lumières!

SCÈNE IX

LES MÊMES *et* STRUENSÉE.

KOL. Par l'enfer! c'est le comte!

STR., *tenant une épée nue de la main droite et un flambeau de la main gauche.* C'est d'ici qu'est parti le cri... (*Il voit le cadavre de Detlev*) Grand Dieu! que vois-je? Detlev, mon bon Detlev! Ah! l'épée de la trahison qui menaçait ma poitrine a frappé la tienne, malheureux! Quel est le coupable de cet horrible forfait? Où le trouver?

KOL., *se présente résolûment.* Il est devant vous. Vous êtes mon prisonnier par ordre du roi. Votre épée!

STR. C'est sans doute une apparition des puissances infernales. Quoi, vous! mon ami!

KOL. Allez chercher vos amis hors du Danemark, maintenant que votre trahison est démasquée.

STR. Prisonnier, moi? Je commande seul au nom du roi. Montrez-moi votre mandat!

KOL., *se tait, frayeur générale.*

STR. Voyons, ah! vous restez muet, impudent menteur! Vous êtes seul l'auteur de la folle et téméraire

Di questa notte. Al re n' andiam ! La trama
Svolgerò sull' istante. — Al re; vi dico !

KOL. Non fate un passo !

STR.   A lui ! M' aprite
La via !

(Gli ufficiali si ritirano. Koller rimane immobile.
In questo esce Ranzau dal cancello di mezzo con
un foglio in mano.)

RAN., *incontrandolo.*
        Dove, o signore?

STR.   Al re !

RAN., *a Koller consegnandogli il foglio.*
                 Prendete !
           (A Struensée.)
Vana fatica ! La vittoria è nostra.
Il re vi giudicò.
              (A Koller).
        Lo affido a voi.

(Gli Ufficiali circondano Struensée, il quale rimane
senza moto cogli occhi a terra.)

KOL., *a Struensée.*
    L' udiste ? Disponetevi !

STR., *porgendogli la spada e levando gli occhi al*
        cielo.)
              Disposto
Al tragitto son io... la vela è sciolta.
        (Cade il sipario.)

FINE DELL' ATTO III.

entreprise de cette nuit. Allons devant le roi : tout
s'éclaircira à l'instant chez le roi !

KOL. Ne faites pas un pas de plus !

STR. Place, vous dis-je. Chez le roi ! (*Les Officiers
se retirent. Koller reste immobile. Sur ce, Ranzau
arrive par la grille du milieu avec un papier à la
main.*)
RAN., *rencontrant Struensée.* Où allez-vous, seigneur ?
STR. Chez le roi !
RAN., *à Koller en lui remettant le papier.* Prenez.
(*A Struensée.*) Peine perdue. La victoire est à nous.
Le roi vous a jugé. (*A Koller.*) C'est à vous que je
confie le comte. (*Les Officiers entourent Struensée,
qui reste frappé de stupeur, les yeux fixés à terre.*)

KOL., *à Struensée.* Vous l'avez entendu ? Disposez-
vous à me suivre.
STR., *lui remettant son épée.* Je suis prêt...
Allons... à la grâce de Dieu !

La toile tombe.

FIN DU TROISIÈME ACTE.

ATTO QUARTO

Sala nel custello de Copenaguen.

SCENA PRIMA

La REGINA GIULIANA *con seguito di dame; fra le
quali la* CONTESSA UHLFELD. *I Cortigiani
formano un emiciclo. Giuliana parlando passa
loro innanzi seguita da Schack; poi si arresta a
man dritta.*

GIU. La Sacra Mâestà del figlio nostro,
    Noi stessi, ci sentiam colla danese
    Nobiltà d' infinito obbligo avvinti;
    Nè men grati noi siamo al popol tutto
    Per tanti segni di fede e d' amore
    Che dimostri egli n' ha. Non tacque alcuna
    Delle nostre provincie il gaudio vivo
    Che provò pel suo re, sottratto alfine
    Ad indegno servaggio. Il lusinghiero
    Titolo a noi si dà di salvatrice;
    Pur soverchia è la lode. Avemmo, è vero,
    Nella impresa gran parte, ma soccorsi
    Fummo noi dalle braccia e dalle menti
    De' nobili signori, onde con gioja
    Cinti qui ne veggiamo, a cui la grazia
    Del re nostro figliuolo ha divisate
    Belle e dovute ricompense.

RAN. *a Kôller.*   Udiste?
    Rifiuteremo.

*(Giuliana si fa presso a Schack e gli parla animata
all' orecchio. Entrambi si ritirano in un canto
della scena.)*

GIU.   Lo ripeto: il lungo
    Indugiar mi dà noja.

SCH.   In grave intrico,
    Mâestà, sono i giudici.

GIU.   Mi voglio
    Di colui liberar; vo' ch' egli sia
    Condannato nel capo, e la condanna

ACTE QUATRIEME

Salon dans le château de Copenhague.

SCÈNE PREMIÈRE

LA REINE JULIE, *avec suite de dames, parmi les-*
quelles la comtesse UHLFED. *Les Courtisans for-*
mant un demi cercle, Julie passe devant eux en
leur parlant et suivie de SCHAK ; *puis elle s'ar-*
rête à droite

JULIE. La Majesté sacrée de notre fils et nous-
même, nous nous sentons infiniment obligés à la
noblesse danoise; nous ne sommes pas moins re-
connaissants au peuple tout entier de ses témoi-
gnages de fidélité et d'amour. Toutes les pro-
vinces ont fait connaître leur vive joie de voir enfin
le roi délivré de l'indigne asservissement qu'il su-
bissait. On veut bien nous donner le mérite d'a-
voir sauvé le pays; c'est trop nous vanter. Il est vrai
que nous avons pris une grande part à l'entreprise.
Mais nous eûmes le secours du bras et du cœur des
gentilshommes que nous revoyons avec joie autour
de nous. Le roi notre fils se propose de les récom-
penser dignement.

RANZ, *à Koller.* Vous entendez? Il faut refuser.
(Julie s'approche de Schak et lui parle bas à l'o-
reille. Ils se retirent l'un et l'autre dans un coin de
la scène.

JULIE. Je vous le répète : ces retards m'ennuient.

SCH. Les juges se trouvent dans le plus grand
embarras.

JULIE. Il faut me débarrasser de cet homme ; je
veux qu'il soit condamné à mort et que l'exécution soit publique. Quoi! N'est-ce donc rien que

In publico eseguita. E detto invano
Colpevole l' avran di tradimento ?
Di lesa mâestà ? nè tale è forse?
Gli antichi privilegi, i dritti antichi
Calpestati non ha ? non mutamenti
Nuovi inauditi nella patria nostra,
A gran danno del popolo, introdotti ?

SCH. Immaginate voi che difensore
Farmene io brami ? Nondimeno egli era
Ministro, armato di real suggello
E di pieni poteri in lui trasmessi
Dal suo monarca. Riflettete a questo ;
E chiara vi parrà la dolorosa
Cagion di tai dubbiezze. Un' apparenza,
Regina ! altro non cerca, altro non vuole
Il nostro tribunal.

GIU.   Da sciocchi altrove
Voi cercando l' andate, e quanto avvenne
Qui sotto gli occhi vostri a mane, a sera,
Non vi arresta il pensier ? L' audacia, intendo,
Di levar le colpevoli pupille
Sulla propria regina?

SCH.   I soli sguardi
Peso alcuno non han sulle bilance
Della Giustizia.

GIU.   È manifesto ; voi
Lo volete innocente.

SCH.   Io ?

GIU.   Non serrate
Dunque le ciglia al suo misfatto.

SCH.   E come
Sulla fè di venali oscuri servi
Darvi corpo, o regina ? Europa tutta
Sorgerà contro noi se pronunciamo
Un giudizió mortal senza che il labbro
Di più creduto testimon lo afforzi.
Sperate, Maestà, che la sua colpa
Egli forse confessi?

GIU.   A confessarla
Costringetelo.

SCH.   Il modo? Alla tortura
Por lo dovremmo?

GIU.   No.

d'être accusé de trahison, de lèse-majesté? N'a-t-il pas foulé aux pieds les anciens droits, les priviléges les plus sacrés? N'a-t-il pas introduit dans notre pays des innovations inouïes au grand préjudice du peuple?

sch. Croyez-vous, madame, que je tienne à le défendre? Nullement. Mais il était ministre; il était investi de pleins pouvoirs par le roi, il tenait le sceau royal. Réfléchissez à cela, et vous verrez pourquoi les juges hésitent ainsi. Donnez-nous une apparence de culpabilité, le tribunal n'en demande pas davantage.

julie. Cette culpabilité, vouz allez sottement la chercher ailleurs et négligez ce qui s'est passé ici même sous vos yeux à toute heure du jour. Je parle de l'audace qu'a eue cet homme de lever un regard criminel sur sa propre reine.

sch. Des regards seulement n'ont pas de poids dans les balances de la justice.

julie. La chose est bien claire : vous voulez qu'il soit innocent.
sch. Moi!
julie. Ne fermez donc pas les yeux sur son crime.
sch. Et comment voulez-vous, reine, qu'on donne quelque consistance à une arrestation pareille sur la foi de quelques obscurs valets? L'Europe entière crierait contre nous pour avoir prononcé une sentence de mort sans preuves suffisantes. Espérez-vous, madame, qu'il avoue lui-même son crime?

julie. Forcez-le à l'avouer.

sch. Comment? il faudra le mettre à la question?
julie. Je ne dis pas cela.

8

SCH.   Solo una via,
Non confessando, ci riman. La stessa
Matilde indurre a colorir l' accusa.
Ch' egli osò, ne dichiari, aprirle un giorno
La rea fiamma del core, e che perdono
Da lei ne ottenne.

GIU.   E riuscir credete
Nel vostro intento?

SCH.   Libertà, regina,
D' oprar dateci voi. Se l' apparenza
Del delitto io raggiungo, avrà la legge,
Non l' arbitrio deciso. .

GIU.   Or ben, voi stesso
Dettatene il mandato, e vi porremo
Il real nostro nome.

SCH.   Io vêr Cromburga
Oggi ancor m' incammino.

GIU. *si volge all' adunanza.*   Il re v' attende,
Signori. È questa l' ora, e separarne
Deggiam!

*(I Cavalieri dopo un profondo inchino partono. Le
Dame rientrano nel gabinetto.)*

SCENA II

GIULIANA *sola.*

           Si, si la legge! e sola e sempre
La legge! e sbarre eterne; né la meta,
Com' io sperava, con rapidi passi
Mai toccherò? Sotterra il voglio! e questo
Giudizio, indugia, e prove e forme esige.

SCENA III

PAGGI, *avanzandosi.*

L' inglese ambasciatore!

                              (il Paggio parte.)
GIU.   Abbia l' ingresso.

SCH. Il ne nous reste qu'un moyen, s'il n'avoue pas, c'est d'amener Mathilde à révéler elle-même l'offense. Qu'elle déclare que cet homme a osé un jour lui avouer sa passion coupable et qu'elle lui a pardonné.

JULIÉ. Et vous croyez qu'elle consentira?

SCH. Donnez-nous, reine, toute liberté d'agir. Si j'arrive à surprendre l'apparence seulement du délit, ce sera la loi qui prononcera, non le caprice.

JULIE. Eh bien! écrivez vous-même l'ordre nécessaire et nous y apposerons notre signature.

SCH. Aujourd'hui même je me rends à Cronenbourg.

JULIE, *se retournant vers les assistants.* Le roi vous attend, messieurs. Voici l'heure, il faut nous séparer. (*Les Cavaliers partent en saluant profondément; les Dames rentrent dans le cabinet de la Reine.*

SCÈNE II

JULIE, *seule.*

Oui, la loi! toujours la loi! des entraves éternelles. Je ne pourrai donc jamais arriver à mon but que j'étais si pres d'atteindre? Je veux que cet homme soit sous terre, et l'on m'oppose des lois et des formalités!

SCÈNE III

UN PAGE. L'ambassadeur d'Angleterre!
JULIE. Qu'il entre. (*Le Page sort.*)

SCENA IV

GIULIANA, KEITH.

GIU. *siede.* Voi mancaste alla Corte, e fu notato,
Sir Roberto, da noi.

KEI. *le presenta una lettera.* Regina! il foglio
È del re mio signore.

GIU.   Assai gradito.
          (*dopo aver letto con visibile irritazione.*)
Ah! lessi io ben? Minaccie? e quale ardito
Linguaggio! e quali avvisi! In Danimarca
Giuliana, o signore, oggi è reina.

KEI. Non voi! Chi n' è reina amaro pianto
Versa in prigion.

GIU.   Vi piange? Il ciel l' ha tocca.
È tempo alfine che le macchie lavi,
Di cui bruttò la regia anima sua,
Col pentimento e col rimorso.

KEI.   Iddio
Giudicarla potrà: ma che l' umana
Malizia ardisca condannarla; e l' odio,
La menzogna improntar d' un marchio infame
I suoi liberi affetti, oh no, regina,
Questo l' Anglia non soffre! Illuso il mondo
Dalla calunnia non sarà che nodi
Colpevoli stringesse, e porsi in fronte
Un diadema agognasse incircoscritto.
La forte ella non era? ed altro voto
Formar forse potea che d' amicarsi
Coll' avversaria? — Maestà! del come
Fosse pieno un tal voto ignota cosa
Non è. Ma tollerar la patria mia
Mai non vorrà che mozzi una sentenza
Di sangue il capo alla nobile figlia
De' suoi re. L' Inghilterra in ogni parte
Manda le navi sue che lo spavento
Sono del mondo, e troverà nel breve
Cerchio d' un' isoletta a così giusto
Desiderio rifiuto? Oh non chiudete,
Regal donna, l' orecchio a' miei consigli!

SCÈNE IV

JULIE, KEITH.

JULIE, *assise.* Vous n'étiez pas à la cour, sir Robert, et votre absence a été remarquée.

KEITH, *lui présente une lettre.* Reine, voici une lettre du roi mon maître.

JULIE. J'en suis ravi. (*Avec irritation, après avoir lu.*) Quoi ! ai-je bien lu ? Des menaces ? Quel est ce langage ? Qui ose me donner des avis ? Aujourd'hui, monsieur, c'est Julie qui règne en Danemark.

KEITH. Pardon ! celle qui a droit à la couronne pleure en ce moment dans une prison.

JULIE. Elle pleure ? C'est que Dieu l'a touchée. Il est temps qu'elle lave, par le repentir, les taches dont elle a souillé son âme.

KEITH. Dieu pourra la juger, mais que la perversité humaine ose la condamner, que la haine et le mensonge tentent de flétrir ses libres affections : non, madame, l'Angleterre ne le souffrira pas. Non, la calomnie ne parviendra pas à faire croire que la reine se soit prêtée à une liaison coupable, ni qu'elle ait voulu usurper le pouvoir. N'avait-elle pas le droit pour elle, et pouvait-elle désirer autre chose que de vivre en paix avec son adversaire ? Majesté ! vous savez si ce vœu a été accompli ; mon pays ne souffrira jamais qu'une sentence de mort fasse tomber la tête de la fille de ses rois. L'Angleterre, qui envoie partout ses navires, redoutés du monde entier, se verrait refuser une si juste demande par un petit État comme votre île ? Oh ! reine, ne repoussez pas mes conseils, ou craignez qu'une flotte de guerre ne vienne vous demander d'un ton menaçant : Où est la fille de l'Angleterre ?

Vi potrebbe altrimenti un mare armato
Chiedere minacciando; « Ov' è la figlia
D' Inghilterra? »

GIU.   Signor! che modo è questo?
Qual favella insolente e baldanzosa?
Or ben! Noi pregheremo il re britanno
D' inviarci altro servo e meno audace
Di voi, che inconsapevole non sia
Del parlar riverente e circospetto
Uso a tenersi co' monarchi.

KEI.   Esigo
Licenza, o Maestà, di qui restarne
Fin che sia la prigion della regina
Matilde aperta; e questa è la suprema
Volonta del mio re. Ma quando il tristo
Dover più non mi arresti, e i lagrimosi
Occhi della infelice il sol di novo
Riveggano, una nave a gonfie vele
Mi riporrà sulla terra paterna
A cui sospiro da gran tempo. Il piede
Nulla qui mi rattien che dilettoso
Mi sia; qui dove l' astio, il tradimento
Si partono lo scettro, ed un' augusta
Donna, di pura maestà raggiante,
Vien tratta al tribunal di compri schiavi,
Che dar non arrossiscono al misfatto
Un color di giustizia.

                                (Parte.)

SCENA V

GIULIANA e le sue Dame.

               Il tracotante!
Parte e non teme usar l' irreverente
Linguaggio d'Albïone, ed io lo debbo
Patir? nè questo solo! A me si vieta
Troncar la testa di colei. Spezzate
Verran, malgrado mio, le sue catene,
E di qui fuggirà?

                         (Parte colle dame.)

JULIE. Seigneur, quel est ce langage insolent?
d'où vient cette audace? Eh bien! nous prierons le
roi d'Angleterre de nous envoyer un autre de ses
serviteurs moins arrogant que vous, et qui n'ait pas
oublié de quelle manière respectueuse et prudente
on parle aux souverains.

KEITH. Je demande pardon à Votre Majesté, mais
je resterai tant que la prison de la reine Mathilde
ne sera pas ouverte. C'est la volonté suprême de
mon roi. Mais aussitôt que ce triste devoir ne m'ar-
rêtera plus, et que la malheureuse reine aura revu
le soleil, un navire à pleines voiles me ramènera au
pays de mes pères, que je regrette depuis si longtemps. Ce séjour ne m'est nullement agréable; la
haine et la trahison se disputent le sceptre, et une
auguste femme, rayonnante de majesté, est traînée
devant les tribunaux par des valets corrompus qui
ne rougissent pas de donner au crime les appa-
rences de la justice. (*Il sort.*)

SCÈNE V

JULIE *et ses Dames.*

L'insolent! il part sans redouter les effets de son
langage audacieux, et je le souffrirai? Et l'on pré-
tend me défendre de faire tomber la tête de ma rivale?
On veut peut-être la laisser fuir?

SCENA VI

Camera della regina Matilde nella fortezza di Kronenburg.
Porte di mezzo e laterali.

MATILDE ed EMMA MOSTYNS, *camerlinga*,
escono agitate da un uscio laterale.

MAT.   Cessa! Io nè parlargli,
Nè vederlo acconsento.
EMM.   Egli è spedito
Dal Giudizio.
MAT.   Da qual? Vi son monarchi
Per giudicarmi?
EMM.   Oh no, non respingete,
Mia cara Principessa, un buon consiglio!
Favellate a quest' uomo! Utili avvisi
Forse dar vi potrebbe.
MAT.   Io questo Sacco
Non conosco. Di rado il vidi a Corte.
Che leale mi sia, che favorirmi
Cherchi, o più tosto, spirito sagace,
Ingannarmi disegni, al tutto ignoro.
O Dio! Chi mai fedele alla infelice
Matilde fu? Chi mai non l' ha tradita?
EMM. Rassegnata al voler di Chi n' è sopra
Jer vi diceste... È morta in voi la speme?
Che dopo angoscie tante il ciel pietoso
Non vi dia qualche gioia? Udir quel Sacco
Ricusate, o regina?
MAT.   Il vuoi? S' avanzi!
                              (*Emma parte.*)

SCENA VII

MATILDE *sola.*

(*Dopo un lungo silenzio.*)

A te, fonte e cagion de' miei dolori,
Terribil Dio!

SCÈNE VI

Chambre de la reine dans la forteresse de Cronenbourg. —
Portes au milieu et des côtés.

MATHILDE *et* EMMA MOSTYNS, *femme de chambre, sortant agitées,d'une des portes latérales.*

MATH. Assez, je ne veux ni lui parler ni le voir.

EMMA. Il est envoyé par le tribunal.

MATH. Par quel tribunal? Y a-t-il des souverains
pour me juger?

EMMA. Non, ne repoussez pas, chère princesse,
un bon conseil! Parlez à cet homme. Il pourrait
vous donner quelque avis salutaire.

MATH. Je ne connais pas ce Schack. Je l'ai rare-
ment vu à la cour. J'ignore tout à fait s'il vient
avec des sentiments honnêtes pour me secourir, ou
si, au contraire, il n'apporte qu'un esprit de chicane
pour chercher à me perdre. Mon Dieu! qui a jamais
été fidèle à la pauvre Mathilde? N'ai-je pas été
trahie par tout le monde?

EMMA. Hier, vous vous disiez résignée à la volonté de Dieu... Ne croyez-vous pas qu'il puisse
vous envoyer un moment de consolation après tant
d'angoisses? Vous refusez d'entendre ce Schak?

MATH. Tu le veux? Eh bien! qu'il vienne! (*Emma
sort.*)

SCÈNE VII

MATHILDE, *seule, après une longue pause.*

Dieu puissant! source et cause de mes douleurs,

A te, profondo scrutator de' cuori,
S' apre il cor mio.
E forse la più misera mortale
Per te non sono?
M' hai circondata di splendor regale,
M' hai dato un trono;
Ma poi lasciata nel maggior periglio
Donna inesperta,
Di conforto, di guida e di consiglio
Orba deserta.
Fatta all' odio patrizio e popolano
Beffa scurrile,
Dallo stesso mio sposo e mio sovrano
Tenuta a vile,
Punir tu mi vorrai se d' un fedele
Chiesi l' aita?
L'unico che addolcì l' amaro fele
Della mia vita?
Nè placar ti potranno, o Dio tremendo,
Lagrime e preghi?...
Ma qual conforto dalla terra attendo
Se il tuo mi nieghi?
La mano, ahi lassa! che potria salvarmi
Stretta è di ferri,
E vegliano il prigion la rabbia e l' armi
Di cento sgherri.
Più di me si dorrà lo sventurato
Che di sè stesso....
Potesse almeno il mio cor lacerato
Piangergli appresso!
(Emma ritorna..)

EMM. È qui... siete commossa!...

MAT.   Ho sul mio core

Pieno poter.
                    (Entra Schack, Emma si allontana.)

SCENA VIII

MATILDE e SCHACK.

SCH.   Nel nome a voi ne vengo

scrutateur des âmes, je t'ouvre le fond de mon
cœur. Ne suis-je pas à tes yeux la plus malheureuse de tes créatures? Tu m'as entourée des splendeurs royales, tu m'as mise sur un trône; mais ensuite tu m'as abandonnée dans le plus grand
danger, sans guide, sans soutien, sans amis. Objet des basses injures des nobles et des plébéiens,
méprisée par mon propre époux, me puniras-tu
d'avoir imploré l'appui d'un serviteur fidèle, du
seul homme qui ait adouci mes misères? Mes
larmes et mes prières ne calmeront pas ton cour-
roux? Et quel secours attendrais-je des hommes,
si le tien m'est refusé? Hélas! celui qui pourrait
me sauver est dans les chaînes, gardé par la haine
et par les armes de cent sicaires. Le malheureux
peut m'accuser bien plus que s'accuser lui-même.
Oh! si du moins je pouvais pleurer à ses côtés!
(*Emma revient.*)

EMMA. Le voici! mais... vous êtes émue!
MATH. Va, je suis sûre de moi. (*Entre Schak.
Emma s'éloigne.*)

SCÈNE VIII

MATHILDE *et* SCHAK.

SCH. Je viens vers vous au nom du tribunal su-

Dell' alto Tribunal, che per comando
Del re fu convocato, e debbe il Conte...
(*Matilde torce il volto da lui con un senso di
raccapriccio.*)
Le forme lascierò, col vostro assenso,
Dovute al regio grado, e la cagione
Che mi conduce, o Maestà...

MAT.   Vi prego
Non profanate in queste mura il sacro
Nome di Maestà. Chi porta un serto
In carcere non langue, e sulla terra
Non è chi possa giudicarlo. Un basso
Tradimento m' ha côlta; io più non vidi,
Dacchè m' han fatta prigioniera, il volto
Del regal mio marito; e potrei solo
Udir dalle sue labbra il mio destino.
Ma poichè, come parmi, il ciel mi pone
A durissima prova, obediente
La fronte piegherò. Parlate adunque
Senza più profferir l' augusta voce,
E che vuolsi da me liberamente
Manifestate.

SCH.   Il Conte...

MAT.   Espor la cosa
Non potete, o signor, senza parlarmi
Di lui?

SCH.   Di lui soltanto a me bisogna
Favellarvi, o regina!

MAT.   Or ben, parlate!

SCH. Il Conte palesò che in lega occulta
S' era stretto con voi contro la sacra
Vita del re.

MAT.   Menzogna! Egli, o signore,
Detto questo non ha.

SCH.   L' ha detto. Aggiunto
Egli ha pur che di fiamma scelerata
Avvampava per voi; che non vel tacque,
E ne ottenne perdon,

MAT.   Mentite! Accento
Non ne uscì da quel labbro. È ben volgare,
È ben rozza, incredibile la frode
Machinata da voi!

SCH.   Come vi piace:

prème que le roi a convoqué pour juger le comte. (*Mathilde détourne la tête avec un frisson.*) Si vous le permettez, je laisserai de côté le cérémonial dû aux personnages de notre rang, car la cause qui m'amène, Majesté...

MALTH. Je vous en prie, ne profanez pas dans ces murs le titre sacré de Majesté. Celle qui porte la couronne ne doit pas languir dans une prison. Personne au monde n'a le droit de la juger. On m'a prise par trahison, et depuis mon emprisonnement, je n'ai pu voir mon royal époux ; lui seul aurait le droit de me parler de mon sort. Mais comme il paraît que le ciel veut m'éprouver durement, je m'incline avec obéissance. Parlez donc, sans invoquer davantage le nom du roi. Que veut-on de moi ?

SCH. Le comte...

MATH. Vous ne pouvez donc me dire ce qui me concerne sans me parler du comte ?

SCH. C'est de lui seul, madame, que j'ai à vous entretenir.

MATH. Eh bien ! parlez !

SCH. Le comte a fait connaître qu'il s'était secrètement ligué avec vous contre la vie du roi.

MAT. Vous mentez monsieur. Le comte n'a pu dire cela.

SCH. Il l'a dit. Il a même ajouté qu'il brûlait pour vous d'un amour criminel, qu'il vous l'a avoué et que vous lui avez pardonné.

MAT. Vous mentez. Pas un mot n'a pu venir de la bouche du comte. Allez, votre piége est bien vulgaire, bien bas, et manque de vraisemblance.

SCH. Comme il vous plaira. Appelez cela un piége,

Ditela frode ; io verità la dico ;
E vi chieggo, se quanto egli ha confesso
Confessate voi pure.

MAT.   Io? Ma stimate
Ch' abbia ogni luce di ragion perduta?

SCH. Piacciavi dunque consentir che messo
A confronto con voi...

MAT.   Con me, signore?...

SCH. Voi potrete così la infame accusa
Gittargli in faccia, e condannato a morte
Verrà qual traditor che di vergogna
Coprì la sua regina.

MAT.   Al suo cospetto
Io, regina, venirne? Ove s'intese
Mai cosa tal?... No, no! dalla sua bocca
Nulla udiste di ciò... Ma non avete
Tormenti forse a spremere menzogne?

SCH. Non si giunse fin là. Fu minacciata,
Non eseguita la tortura.

MAT.   Oh cielo!
La tortura?

SCH. *dopo una pausa.* Regina, un mezzo io v' offro
Che può torvi d' impiglio, e dal confronto
Non pur sottrarvi, ma recar salute
Ad entrambi.

MAT.   Qual mezzo? Io non ne veggo.

SCH. *cava di tasca un foglio.*
Io sì, ma nessun altro, e messo in punto
Ve l' ho. Scrivete a piè di questo foglio
Il real vostro nome.

MAT. *dopo aver letto.* Oh Dio! Ma forse
Non cercate da me ciò che di peggio
Confessar non potrei? Sta qui: che dirmi
Cose egli osò da morir di vergogna
Se le dovessi pronunciar; ch' io tacqui
Tali inique proposte al re mio sposo
Per salvar dalla scure il capo suo,
Ed all' audace perdonai... Ma questo
Gli potrebbe giovar?... Voi non cercate
Che avvolgere me stessa in un misfatto.
Di perdermi è l'intento!

SCH.   Io non lo niego.
E che mai, fuor di questo, esser difesa

moi je l'appelle un fait, et je vous demande si ce qu'il a avoué vous l'avouez aussi.

MAT. Moi? Vous croyez donc que j'ai tout à fait perdu la raison?

SCH. Veuillez donc consentir à ce que le comte soit confronté avec vous...

MAT. Avec moi, monsieur?

SCH. Vous pourrez ainsi lui renvoyer en face l'infâme accusation et le traître qui a voulu déshonorer la reine sera condamné au dernier supplice.

MAT. Quoi! moi, sa souveraine, je serai mise en sa présence? Où a-t-on jamais vu rien de pareil? Oh! non. Ce n'est pas possible qu'il ait dit un seul mot de cela. N'avez-vous pas des tourments pour arracher des aveux mensongers?

SCH. On n'est pas allé jusque-là. On l'a menacé de la torture sans l'appliquer.

MAT. Ciel! la torture!

SCH., *après une pause*. Reine, je vous offre un moyen de vous tirer d'embarras, d'éviter la comparution, de vous sauver tous deux.

MAT. Quel moyen? Je n'en vois aucun.

SCH., *il tire de sa poche un feuillet*. J'en vois un moi, mais un seul, et j'en ai préparé l'exécution. Vous n'avez qu'à signer ce papier.

MAT., *après avoir lu*. Mon Dieu! mais vous me demandez là les pires aveux que je pourrais faire. Vous avez mis : qu'il m'a dit des choses à me faire mourir de honte : que j'ai caché ces paroles iniques au roi mon époux, pour épargner la tête du comte, et cela pourrait le sauver dites-vous? Non, vous ne cherchez qu'à me rendre complice d'un crime, qu'à me perdre moi-même.

SCH. Je ne veux pas le nier. Qu'est-ce qui pourrait sauver la tête d'un traître déjà vouée à l'écha-

Potrebbe al capo d' un fellon? La scure
Già gli sta sopra. — Uditemi tranquilla.
Un segreto io vi svelo. Il re non vuole
La sua morte.

MAT.   Le credo.

SCH.   È fiacco il core
Del re, ma buono e mite. Inorridirlo
Debbe un' opra di sangue; e pur l' eterno
Suo corso ha la Giustizia, e, su gl' indìci,
Bastevoli per lei, la pena estrema
Pronuncierà, se un dubbio non l' arresta.

MAT. E qual?

SCH.   Che perigliosa a questo regno
La condanna non sia. Se mai le cose
Da lui confesse la regina afferma,
Rea del paro si fa; talchè costretti.
Giudici e re sarebbero a colpirla
Dello stesso castigo; e lor ciò vieta
La vostra patria minacciosa.

MAT.   O cara
Patria! amato fratel! Libero e grande
Popolo! a me pensate? Abbandonata
Dunque non sono?

SCH.   Aprir le vostre sbarre,
E solo il Conte condannar, non ponno.
Reo come voi, con voi perduto o salvo
Esser dovrà.

MAT.   Mi par che suoni il vero
Da questi detti.

SCH.   Oh credermi poteste!

MAT. E del mio disonor, dell' onta mia
Farmi artefice io stessa?... O Dio del cielo!
Ove trovar la verità? Mentito
M' hanno gli uomini tutti allor che fui
Potente e ricca di favori. E voi,
Voi solo quel magnanimo or sareste
D'esporre il vero alla misera oppressa?

SCH. Affidatevi a me

MAT. *fissandolo attentamente in volto*
          Lo posso?.... Il foglio!
(*Mette la carta sul tavolino e si prova a sottoscri-
   verla; ma le fugge di mano la penna, ed alter-*

faud? Écoutez-moi avec calme, je vais vous révéler un secret : le roi ne veut pas la mort du comte.

MAT. Je le crois.

SCH. Le roi est faible mais son cœur est bon et clément. Une exécution à mort lui répugne; et cependant la justice doit avoir son cours en tout temps, et elle prononcerait la sentence sur des indices suffisants si une crainte ne l'arrêtait.

MAT. Quelle crainte?

SCH. Que la condamnation du comte ne soit dangereuse pour ce royaume. Si la reine confirme ce qu'il a avoué, elle se rend coupable comme lui, et alors les juges et le roi sont forcés de la frapper de la même peine; or l'Angleterre déjà menaçante ne le souffrira jamais.

MAT. Oh! ma chère patrie! Mon frère bien-aimé, peuple grand et libre! vous pensez-donc à moi? Je ne suis donc pas abandonnée?

SCH. Vous laisser libre et ne condamner que le comte. c'est impossible. Coupable comme vous, il faut qu'il soit perdu ou sauvé avec vous.

MAT. Je crois qu'il dit vrai.

SCH. Oh! puissiez-vous me croire!

MAT. Quoi je proclamerai moi-même mon déshonneur, ma honte? Oh! mon Dieu! Comment savoir la vérité? Lorsque j'étais puissante et la main pleine de faveur, je ne trouvai que le mensonge autour de moi. Et maintenant ce serait vous, vous seul, qui viendriez dire la vérité à la pauvre opprimée?

SCH. Fiez-vous à moi.

MATH., *le regardant fixement.* Le puis-je? Donnez ce papier! (*Elle met le feuillet sur la table et essaye de le signer, mais la plume lui échappe des mains; effrayée, elle se laisse tomber dans un fau-*

9

rita si lascia cadere sulla seggiola che le sta di dietro.)

Dovrei l' infamia mia?... Giammai!

SCH.   Coraggio,
Regina!

MAT. *fra sè.* È forza! è forza! Un' altra via
Per me non v' ha. . Venirne al suo cospetto?
Tollerarlo potrei?

Si mette di nuovo a scrivere, poi si arresta di nuovo.
                       Tutte le membra
Mi tremano, io vacillo... Anima mia,
Sostienmi!
(Scrive lentamente e pronuncia con fioca voce:)
              Ca-ro-li-na.
                             (s'arresta)
                    Oimè, che faccio?
Se costui mi tradisse?... In quello specchio.
Mentre si crede inosservato, il volto
N'esplorerò.
(Guarda nello specchio. Schack sta dietro a lei composto e tranquillo.)
              Prendete! lo l' ho soscritto.
(Addita il foglio col viso altrove rivolto.)

SCH. *(peino di giubilo.)*
Vittoria!

MAT. *Mentre egli cerca afferrar la carta ed ella tiene tuttavia la penna in mano, nota il suo giubilo e getta un grido.*
              Io son perduta! Egli tripudia!
O mio core! o mio cor!... Tradita io sono.
(Sviene e cade sulla seggiola; nella mano destra, abbandonata sul tavolino, stringe tuttavia la penna, quantunque svenuta.)

SCH. Tal sei!
(Osserva il foglio che gli sta dinanzi.)
         Di *Carolina* è qui soltanto

teuil placé derrière elle.) Signer mon infamie? Non, jamais.

SCH. Allons, du courage!

MATH., *à part.* Il le faut! Je vois bien qu'il n'y a pas d'autre salut. Etre mise en sa présence! Pourrais-je le supporter? (*Elle se remet à écrire, mais elle cesse de nouveau.*) Je tremble de tous mes membres... je chancelle... Oh! mon âme, soutiens-moi! (*Elle écrit lentement en prononçant à voix basse:*) Ca-ro-li-ne. (*Elle s'arrête*) Mon Dieu! Que vais-je faire?... Si cet homme me trahissait? Pendant qu'il croit n'être pas vu, j'observerai dans cette glace les traits de son visage. (*Elle regarde dans la glace. Schak est debout derrière elle, impassible.*) Tenez, j'ai signé. (*Elle indique la feuille en détournant le regard.*)

SCH., *dans la jubilation.* Victoire!

MATH. *pendant que Schak cherche à saisir le papier, et qu'elle a encore la plume à la main, elle remarque sa joie et jette un cri.* Ah! je suis perdue! Il se réjouit! oh! mon cœur! mon cœur! On m'a trahi! (*Elle tombe évanouie dans le fauteuil; la main droite abandonnée sur la table, tient toujours la plume entre les doigts.*)

SCH. Oui, tu l'es! (*Il regarde le papier devant lui.*) Mais elle n'a mis que *Caroline* : et *Mathilde?* Il

Vergato il nome. E di *Matilde*?... Appena
Le due lettere prime. **Io** già non voglio
Incompiuto al giudizio offrir lo scritto.
Al difetto adempiam.

(Prende la mano della svenuta regina e scrive
con essa.)

Ma-til-de. Alfine
Prove abbiam quanto basta alla condanna.

(Parte.)

(Cade il sipario.)

FINE DELL' ATTO IV.

n'y a que les deux premières lettres. Je ne puis pourtant présenter au conseil un écrit incomplet! Ajoutons ce qui manque. (*Il prend la main de la Reine évanouie et lui fait écrire : Ma-thil-de.*) Enfin! nous avons tout ce qu'il nous faut !

(*La toile tombe.*)

FIN DU QUATRIÈME ACTE

ATTO QUINTO

*Prima che s' alzi la tela incomincia l'orchestra
la musica del sogno.*

Carcere. È notte. Una lucerna splende sopra una rozza tavola.
Nel fondo una gran porta serrata, a sinistra un uscio laterale.

SCENA PRIMA

STRUENSÉE *incatenato e dormente sopra un gia-
ciglio. Dopo alcun tempo s'apre nel muro a dritta
una porticina segreta, dalla quale escono RAN-
ZAU, avvilupato in un mantello, ed il Carceriere.*

RAN. *al carceriere, ponendogli in mano una borsa.*
    Piglia! La fuga t'assecura. Or vanne,
    E mi lascia con lui.
                    (Il carceriere parte.)

SCENA II

RANZAU, STRUENSÉE (*addormentato*)

RAN.   Dorme! I suoi ceppi
    Non gli stringono l' alma... Un sogno forse
    Gli presenta al pensier quella grandezza
    Che gli fuggì per sempre... Al suo destarsi
    Accuserà chi lo assassina!... Orrendo
    Nome è quel d'assassino, e fin la lingua
    M' impiaga! — A che più tardo?... Olà! ti
                            [sveglia,
    Misero!
STR.   Chi mi chiama? È questo il volto
    Di Ranzan? Mi sembrava al primo sguardo
    Quel di Matilde.
RAN.   Sventurato

ACTE CINQUIÈME

Avant le lever de la toile l'orchestre commence la musique
du rêve, etc.

SCÈNE PREMIÈRE

*Cachot. Il fait nuit, une lampe brûle sur une table
rustique. Au fond, une grande porte verrouillée,
à gauche une porte plus petite. STRUENSÉE,
enchaîné, dort sur un grabat. Après quelque
temps, une petite porte secrète s'ouvre à droite.
RANZAU, enveloppé d'un manteau, et un* GEOLIER
en viennent.

RANZ. *au Geôlier, en lui donnant une bourse.*
Prends, la fuite te mettra en sûreté. Laisse-moi
seul avec lui. (*Le Geôlier part.*)

SCÈNE II

RANZAU, STRUENSÉE *endormi.*

RANZ. Il dort! Ses liens ne tiennent que le corps,
l'âme est libre. Un rêve peut-être lui retrace cette
grandeur qui a fui pour toujours. A son réveil il
accusera ceux qui le vouent à la mort. Horrible accusation que celle d'assassin... Ma langue se refuse
à prononcer ce mot. Pourquoi hésiter? Allons, ré-
veille-toi, malheureux!

STR. Qui m'appelle? Est-ce bien Ranzau? Je
croyais tout d'abord apercevoir Mathilde.

RANZ. Infortuné!

STR.   Desto
Son io? non sogno?... Siete voi? Voi stesso?
Che vi fece calar nella mia tomba?
La voluttà di pascere la vista
Nell' onta mia? Sospetto io mai non ebbi,
Pur nell' ora peggior, di questo vile
Vostro desio. Pensato ho nobilmente
Sempre di voi...

RAN. *non senza commozione ad itandogli l'uscio*
segreto.

                      Fuggite !

STR. *meravigliato*   Oh, non é questo
Il mio carcere? Io volsi a quelle mura
Lunghi mesi lo sguardo, e d'una uscita
Mai non mi avvidi.

RAN.   È nota al sol custode,
E s' apre oggi per voi. Nessun ritardo,
E prendete la fuga. Un legno inglese
Tien le vele spiegate, ed alla spiaggia
Vi sarà guida un mio fidato. Aspetta
Alla porta d'ingresso e le catene
Vi spezzerà. Fuggite! il tempo stringe.

STR. Conoscere io vorrei ciò che vi move
A salvarmi, Ranzano.

RAN.   In vani detti
Non vi perdete, nè pensier vi prenda
Che di sottrarvi a certissima morte.
Forse ignorate la sentenza?

STR.   Quando
Pur la ignorassi, non ignoro i cuori
Che la dettàr.

RAN.   Solleciti saranno.
È di vita o di morte apportatrice
Questa notte per voi.

STR.   Fu la condanna
Sopposta al re, lo seppi.

RAN.   Ed ei di certo
L' approverà. Lasciate ogni speranza.

STR. Costretto è d'approvarla. Io non confido
Fuor che nel cielo.

RAN.   E il ciel visibilmente
Uno scampo or vi addita e vi soccorre
Col braccio mio. Fuggite !

STR. Suis-je bien éveillé! N'est-ce pas un rêve ?
Est-ce bien vous, en personne? Qu'est-ce qui vous
amène à descendre dans mon tombeau ? La volupté
de contempler ma misère? Je n'aurais jamais soup-
çonné chez vous, même aux plus mauvais jours, un
désir si vil. Je vous ai toujours cru d'un esprit
élevé.

RANZ., *avec une certaine émotion et en lui indi-
quant la porte secrète*. Fuyez!

STR. *étonné*. Quoi! n'est-ce pas ici ma prison?
Pendant des mois entiers, j'ai contemplé ces mu-
railles sans soupçonner une issue.

STR. Le gardien seul la connaissait, et elle s'ouvre
pour vous en ce moment. Ne tardez pas et fuyez.
Un navire anglais est prêt à mettre à la voile, un
fidèle serviteur vous conduira à son bord; il attend
à la porte et il brisera vos chaînes. Fuyez! il n'y a
pas un instant à perdre.

STR. Je voudrais d'abord savoir ce qui vous porte
à me sauver.
RANZ. Ne perdez pas le temps en vains discours.
Ne croyez pas vous soustraire autrement à une
mort certaine. Ignorez-vous l'arrêt qui vous
frappe?
STR. C'est possible, mais je n'ignore pas les noms
de ceux qui l'ont prononcé.

RANZ. Ils ne tarderont pas à l'exécuter; cette nuit
décide pour vous de la vie ou de la mort.

STR. La condamnation a été soumise au roi, je le
sais.
RANZ. Et le roi l'approuvera, soyez-en sûr, il n'y
a plus d'espoir pour vous.
STR. Le roi est forcé de l'approuver. Je n'espère
plus que dans le ciel.
RANZ. Eh bien! c'est le ciel qui vous indique un
moyen de salut et qui m'envoie à votre secours.
Fuyez!

STR.   Io l' uom contemplo,
E non senza stupor, che tanto zelo
Tanta rabbia mostrò nel trarmi al fondo ;
Ed or m' offre una fune, a cui mi aggrappi
Per risalir : ma stringerla io non voglio,
Com' ei vorrebbe, colla benda agli occhi.
Dopo quanto io provai, quanto io soffersi,
Fra la vita e la morte io sto perplesso.
Ciò che merta la prima, o che mi possa
Giovar, saperlo io debbo, anzi che il breve
Passaggero dolor della seconda
Rimuti io forse con lunghi tormenti.

RAN. E starete indeciso un sol momento
Fra la vita e il supplizio ?

STR.   Illuminate
Il bujo del mio cor. Fate ch' io sappia
De' miei cari la sorte, e pria del Brando.

RAN. Nol chiedéte, infelice !

STR.   È condannato ?

RAN. Precedervi dovrà.

STR.   Di che s' incolpa ?

RAN. Forse amico non v' era, e non tenea
Custodito il monarca ? Un tribunale,
Ove siede l' arbitrio, agevolmente
Cangia in opra la voce, ed in misfatto
L' errore.

STR.   E gli altri amici miei ?

RAN.   Parecchi
A perpetuo carcere dannati.

STR. Ancor d' un infelice, e poi la scelta
Farò. Di lei, di quella immortalmente
Cara al mio cor, della regina mia,
Dite, che fu ?

RAN.   Bandita e ributtata
Dal suo sposo real, le fu concesso
Scegliersi una dimora in qualche terra
Tedesca, ove solinga...

STR.   Ho scelto e muojo.
Di qui non parto.

RAN.   Che vi uscì dal labbro ?
Impossibile !

STR.   Udite ! A voi, Ranzano,
Impossibile par che sgomentarmi

str. Je regarde, non sans m'étonner, l'homme qui a tant fait pour me perdre et qui me tend la main pour me sauver. Mais je ne veux pas la saisir, cette main, les yeux bandés. Après tant d'épreuves, tant de souffrances, je reste perplexe entre la vie et la mort. Je veux savoir comment j'ai mérité ma condamnation et ce qui me vaut votre secours, avant que je consente à échanger une souffrance passagère contre des tourments peut-être éternels.

ran. Quoi, vous hésiteriez un seul instant entre la vie et le dernier supplice?

str. Dissipez les ténèbres qui enveloppent mon âme. Quel est le sort de mes amis, de Brand?

ran. Ne le demandez pas, malheureux!

str. Condamné?

ran. Il doit vous précéder.

str. Et de quoi l'a-t-on accusé?

ran. N'est-il pas votre ami? N'était-il pas le gardien du roi? Un tribunal livré à l'arbitraire change aisément la parole en action et l'erreur en crime.

str. Et mes autres amis?

ran. Plusieurs sont condamnés à la prison perpétuelle.

str. Parlez-moi d'une autre victime, puis je me déciderai. Qu'est devenue la femme qui sera éternellement chère à mon cœur, ma souveraine? Dites, quel est son sort?

ran. Bannie, répudiée par son royal époux, on lui a permis de choisir une demeure dans quelque partie de l'Allemagne où la solitude...

str. J'ai choisi, et j'opte pour la mort! je ne sors pas d'ici.

ran. Que dites-vous? Mais c'est impossible!

str. Écoutez, Ranzau. Il vous paraît impossible que la vue de l'échafaud ne m'effraye pas. Mais c'est

Non debba un palco infame; e a me, vel giuro,
L' allungar tuttavia la sciagurata
Mia vita. E questo nome a che mai date?
Ad uniforme ed infinita noja.
Veder l' estate che previen l'autunno,
Questo il verno ; e dal verno uscir di nuovo
La primavera, e rose oggi fiorenti,
Appassite domani : ecco la umana
Vita ! E pensate che bastar ciò possa
A tollerarne le fatiche ? Un' altra
Cosa a noi supportabile la rende :
Lo sguardo che volgiamo al nostro core,
Di speranze, di voti e di memorie
Ricovero segreto, onde conforti
Attigniam negli affani e negli avversi
Casi d' un tempo doloroso. Esausta
Questa fonte di beni, all' uom non resta
Che deserto e rimorso. Ed io dovrei
Sobbarcarmi al pensier che nell' abisso
I miei cari io travolsi e me salvai ?
Io vivere e veder la creatura,
A cui d' ogni mio bene avrei con gioja
Fatto olocausto, abbandonata, sola,
Strappata al sen de' figli suoi, condurre
Giorni di pianto ? Ah no ! Quel palco infame
È un asilo di pace. Eter naguerra
Mi sarebbe la vita e senza speme
Di vittoria. — Lasciatemi ! Fuggite
Voi, pria che il mio carnefice vi coglia !
Io non fuggo.

RAN.   Buon Dio !
STR.   Sol d' una cosa
Fatemi grazia. Che potea d' un tratto
L' odio in voi cancellar ? Che mai vi spinse
A salvar l' inimico ?

RAN.   E lo cercate,
Misero ? Il vostro orribile destino.
V' ho pur detto altra volta : « Uno straniero
Governarci non può. La Danimarca
Non si lascia informar dalle odïate
Novità d' altri popoli, nè voi
Reggere la saprete a senno vostro. »
Ma sonò la mia voce alla foresta,

la vie, au contraire, qui m'épouvante. Vivre?
n'est-ce pas être voué à un supplice éternel? Voir
l'été précéder l'automne et l'automne précéder l'hiver, et puis l'hiver faire place au printemps, et les
roses d'aujourd'hui s'effeuiller demain, voilà la vie
d'ici-bas. Et vous croyez que cela suffise pour en
supporter les douleurs? C'est autre chose qui nous
la rend supportable : c'est le regard que nous por-
tons sur notre cœur, refuge secret d'espérances, de
vœux, de souvenirs qui nous consolent dans nos af-
flictions dans les épreuves douloureuses. Une fois
que cette source de bonheur est tarie, il ne reste plus
à l'homme que la solitude et le remords. Devrais-je
subir sans cesse cette pensée d'avoir perdu les personnes qui m'étaient chères et de m'être sauvé moi-
même? Je vivrais pour voir la femme, à laquelle j'aurais tout sacrifié, arrachée à ses affections et con-
damnée à vivre seule et dans les larmes? Non.
L'échafaud est pour moi un refuge de paix; l'existence ne serait qu'une suite de luttes sans espoir.
Laissez-moi, fuyez vous-même avant que le bourreau
ne vous surprenne; moi je reste.

RAN. Grand Dieu!

STR. Une seule chose, je vous demanderai en
grâce : qu'est-ce qui a pu effacer d'un trait la haine
que vous me portiez? Quel motif vous a fait chercher à sauver votre ennemi?

RAN. Et vous le demandez, malheureux? C'est
uniquement l'horreur de votre sort. Je vous ai dit
autrefois : un étranger ne peut nous commander.
Le Danemark n'accepte pas d'odieuses nouveautés
d'autres peuples et vous tentez en vain de la gou-
verner à votre guise. Mais ma parole se perdait dans
le désert, et vous, malheureux, vous vous engagiez
toujours davantage dans la voie fatale où vous de-

E voi. più temerario, il periglioso
Calle seguiste, e cader v' era forza
Pria di giungere a meta. — Io fui stromento
D' un poter tenebroso; alle mie mani
Strapparo il freno, e vittima voi foste
D' una vendetta mascherata e vile.
Ma ciò non volli io mai, nè mai la sete
Del vostro sangue m' infiammò. Da questo
Giudizio, che vi appaja e vi confonde
Co' bassi malfattori, è la mia terra
Vituperata. — Oh fuggite, fuggite,
Rendetemi i miei sonni e le tranquille
Mie notti! Ombra funesta, insanguinata,
Tre volte in sogno mi appariste. Invano
Chiude il vecchio guerrier le stanche ciglia;
Sempre innanzi gli sta quel minaccioso
Spettro! Eterna è la notte e nella vostra
Tomba sepolto il mio pensier.

STR.   Calmate
L' animo vostro. Da quest' ora il sonno
Non vi sarà turbato, ed io lo attendo
Nel queto grembo della terra, e bramo
Senza sogni dormirvi, e d' ogni cosa
Bervi l' obblio... se il posso!

RAN.   Ah no! Fuggite!
Vi scenda al cor la mia preghiera.

STR.   Ascolto
Alla soglia rumor. Saranno i messi
Della morte... Via! via!... Con voi ne vegna
Il soave pensier che nel commiato
Strinsi teneramente al coraggioso
La man; nemico mio quando la sorte
Propizia m' era, e nell' avversa, amico:
All' uom che mi recò nelle supreme
Ore della mia vita una dolcezza,
A cui non volsi le speranze: un core
Pacificato! — Addio. Dovrà l' astuta
Giuliana abborrirvi in quella guisa
Che me tanto abborri. — Giugnete a riva
Più felice di me!

  (Si abbracciano. Ranzau fugge per la porta
     segreta che tosto dietro a lui si chiude)

viez tomber avant d'arriver au but. J'ai été l'instru-
ment d'un pouvoir ténébreux; on m'a arraché le
frein, et vous fûtes victime d'une vengeance secrète
et vile. Mais ce fut contre mon gré; jamais je ne dé-
sirai votre mort. Cette sentence, qui vous met au
rang des malfaiteurs, déshonore mon pays. Oh! de
grâce, fuyez! Rendez-moi la paix de mes nuits.
Trois fois déjà vous m'apparûtes en rêve comme un
spectre sanglant. En vain le vieux guerrier cherche
à fermer les yeux fatigués, ce spectre menaçant est
toujours devant lui. Ma nuit est éternelle, et mon
âme vous suit dans la tombe.

STR. Calmez-vous. A partir de cette heure, votre
sommeil ne sera plus troublé. J'attends moi-même
le repos dans le sein de la terre. Je désire y dormir
sans rêves et y boire l'oubli de toutes choses... si je
le puis!

RAN. Ah! non, partez! laissez-vous toucher par
ma prière!

STR. J'entends du bruit... Ce sont peut-être
les messagers de la mort. Allez, partez vous-
même! Vous pouvez emporter la consolante pensée
qu'en prenant congé de vous, j'ai serré avec ten-
dresse la main de l'homme courageux qui fut mon
ennemi dans la grandeur et mon ami dans l'adver-
sité; de celui qui m'apporta à mon heure suprême
un bien que je n'osais espérer : un cœur réconcilié.
Adieu! la perfide Julie vous haïra comme elle me
haïssait; tâchez de gagner le rivage avec plus de
bonheur que moi!

(*Ranzau et Struensée s'embrassent, puis Ranzau
s'enfuit par la porte secrète, qui se referme derrière lui.*)

SCENA III

LOWENSKIOLD *con Guardie*. STRUENSÉE

LOW. *alle Guardie.*   Togliete i ceppi
  Al prigionier !
STR.   Son libero?
LOW. *leva di tasca un dispaccio suggellato a nero.*
              Infelice,
  Qual libertà !
STR.   Bellissima fra tutte,
  Chè rompe ogni catena.
          (*Nota il sigillo nero.*)
              Il mio decreto
  Di morte e è confermato?... Oh! ve ne prego,
  Leggete voi !
LOW. *fra sè.*   Me misero !
(*Rompe il sigillo e legge, grandemente commosso.*)
              « Per giusta
  » Sentenza e per esempio e salutare
  » Sgomento a' tristi di pensar conforme,
  » Federigo Struensée perde la vita,
  » L' onore, i beni, il titolo di conte,
  » E tutte l' altre dignità. Spezzato
  » A man del manigoldo il gentilizio
  » Stemma... » Deh, perdonate! Io più non
              [reggo...
          (*Gli cade di mano il foglio.*)
STR. *raccoglie il foglio e legge tranquillo e in silen-
    zio.*)
  I commessarj del giudizio, e sotto
  Il nome del mio re... — Tu sei tradito,
  Sventurato monarca, e ti si priva
  Fin dell' angelo tuo, della tua sposa.
LOW. Se dispor cosa alcuna a voi piacesse,
  Conte, sollecitate. È gia gran parte
  Della notte trascorsa, e colla prima
  Luce...
STR.   Non incompianto, il cor mel dice,
  Di qui mi partirò, nè il mio saluto
  Dall' orlo della fossa ai pochi amici

SCÈNE III

LOWENSKIOLD *avec des Gardes, et* STRUENSÉE.

LOW., *aux Gardes.* Enlevez les chaînes au prisonnier.

STR. Suis-je libre?

LOW. *tire de sa poche une dépêche cachetée de noir.* Malheureux! Quelle liberté!

STR. La plus belle de toutes, car elle brise toutes les chaînes. (*Apercevant le cachet.*) C'est mon arrêt de mort qui est confirmé? Oh! je vous en prie, lisez vous-même.

LOW., *à part.* Triste mission! (*Il brise le cachet et lit, très-ému.*) « Par suite d'un juste arrêt et pour l'exemple et l'épouvante salutaire des méchants, Frédéric Struensée est condamné à perdre la vie, l'honneur, les biens, le titre de comte et toutes autres dignités. Son blason sera brisé par la main du bourreau. » Pardon, je n'y tiens plus. (*Le papier lui tombe des mains.*)

STR. *ramasse le papier et lit avec calme en silence.* « Les commissaires de la justice! » Et au nom de mon souverain! On te trahit malheureux roi, et l'on va jusqu'à te priver de ton ange tutélaire, de ta propre femme.

LOW. S'il vous plaît de prendre quelques dispositions, hâtez-vous, car la nuit est près de son terme, et il faut qu'à l'aube du jour...

STR. Ce ne sera pas sans laisser de regret que je quitterai cette terre, et le salut que j'enverrai du bord de la tombe aux amis qui pleureront ma mor

10

Che la mia morte piangeran, discaro
Verrà. Se questo addio, non m' è disdetto,
Inviar le mie lettere coll' opra
Vostra io vorrei!

LOW.   Sarammi un caro e sacro
   Legato.

STR.   E ve lo credo ; e questa fede
È la sola mercè che darvi io possa.
Risoluto or m' avvio. Vicino è il porto.
    (*Parte per la porta laterale a destra.*)

SCENA IV

LEWENSKIOLD (*solo*).

(*Apresi la porta di mezzo.*)

È ben Koller che viene, io non traveggo!
L' odio a tanto lo trae? Chi lo accompagna?

SCENA V

LOWENSKIOLD, KOLLER, *co' suoi ajutanti. Il*
PARROCO STRUENSEE, *seguito dal suo servo.*
Getta il Parroco uno squardo di dolore alla pri-
gione, nasconde la faccia in seno del servo e
resta in tale atteggiamento in fondo della scena.

LOW., *a Koller.* Voi stesso, general?

KOL.   Della regina
Questo è il volere, e il desiderio mio
D'accertarmi se tutto è qui disposto
Come fu comandato. A voi l' incarco
Di recar la sentenza al prigioniero
Dato non fu? L'accolse egli tranquillo,
Rassegnato?

LOW.   Un eroe con più coraggio
Non affronta la pugna. Ora agli amici
Scrive l' ultimo addio.

ne sera pas reçu avec dédain ; le cœur me le dit. Si
ce dernier adieu ne m'est pas interdit, je voudrais
envoyer quelques lettres par votre entremise.

low. Ce sera pour moi un cher et sacré devoir.

stb. Je vous crois, et cette croyance est la seule
récompense que je puisse vous offrir. Maintenant
je me mets en route avec courage. Le port n'est pas
loin. (*Il sort par la porte de droite.*)

SCÈNE IV

LOWENSKIOLD *seul.*

(*La porte du milieu s'ouvre.*)

Est-ce bien Koller qui vient par là ? Je ne me
trompe pas. Voilà jusqu'où sa haine le conduit !
Mais quel est celui qui l'accompagne ?

SCÈNE V

LOWENSKIOLD, KOLLER *avec ses Officiers,
le* PASTEUR STRUENSÉE *suivi de son domestique. Le Pasteur jette un regard de douleur autour de lui, et cache sa figure sur le sein de son
Valet, en restant au fond de la scène.*

low., *à Koller.* Vous-même, général ?
kol. C'est la volonté de la reine, et c'est aussi mon
désir de m'assurer si tout est prêt comme il a été
ordonné. N'est-ce pas vous-même qui étiez chargé
d'aller lire son arrêt au prisonnier ? A t-il été calme,
résigné ?

low. Un héros ne va pas avec plus de courage à
l'encontre du combat. Il écrit un dernier salut à ses
amis.

KOL. Non lo turbate;
Ma non tardi un instante allor che sia
L' ora trascorsa. Il popolo lo attende,
E non dee mormorar. Di buona scorta
Si circondi il patibolo. Preceda
Il Brando, ed egli segua; e come tocca
Abbia la scala per salir, farete
Che battano i tamburi alla distesa,
Acciò la moltitudine non oda
S' egli ardisce arringarla.

LOW. Alcun timore
Non v' ha. Saldò col cielo e con sè stesso
Le ragioni quell' uomo, e s' è dal mondo
Diviso al tutto.

KOL. Il suo fu buon consiglio.
Parlar da solo a solo io gli consento
Coll' uom che là vedete. È il padre suo.

LOW. (atterrito).Cielo! egli vien... Ma che? Non vi
[commove
L'aspetto suo, non vi scostate?
(Koller va fino alla porta, poi d' improvviso si
arresta.)

STR. (Si avanza seguito da una guardia e consegna
la lettere a Louwenskiold).
Queste
Le mie lettere sono...
(Koller si volge e s' incontra cogli occhi in Struensée
il quale con nobile e fermo contegno ne sostiene lo
sguardo. Koller parte precipitoso. Gli ufficiali lo
seguono.)

SCENA VI

Struensée tolti gli occhi da Koller li abassa, in guisa che non si
accorge del padre, il quale gli sta solo dinanzi.

CONTE STRUENSÉE e PARROCO STRUENSÉE.

STR. Oh, quest' incontro
Del nemico implacabile che serba
L' astio ancora nel petto, è pur crudele!

KOL. Ne le troublez pas, mais que l'on ne tarde pas davantage quand l'heure est arrivée. Le peuple attend et il ne faut pas qu'il murmure. Qu'une bonne escorte entoure l'échafaud. Brand précédera Struensée. Aussitôt que celui ci aura touché l'escalier pour monter, vous ferez exécuter un roulement de tambours afin que la multitude ne puisse entendre ses paroles s'il lui prenait envie de la haranguer.

LOW. Il n'y a rien à craindre. Le condamné a soldé son compte avec le ciel et avec lui-même : il s'est détaché de ce monde.

KOL. Il a bien fait. Maintenant je lui permets de parler seul à seul avec cet homme que vous voyez-là : c'est son père.

LOW., *effrayé.* Ciel ! lui ! Mais quoi ? son aspect ne vous touche pas ? vous restez ? (*Koller va jusqu'à la porte; tout à coup il s'arrête.*)

STR., *s'avance suivi par une garde et remet des papiers à Lowenskiold.* Voici mes lettres.... (*Koller se retourne et ses yeux se rencontrent avec ceux de Struensée qui soutient fermement son regard. Koller sort précipitamment; ses Officiers le suivent.*)

SCÈNE VI

Struensée détournant son regard de Koller, le baisse au sol de sorte qu'il n'aperçoit pas son père, seul devant lui.

STRUENSÉE *et* LE PASTEUR.

STR. Cette rencontre avec l'ennemi implacable qui garde encore toute sa haine, est une épreuve bien cruelle ! Mon cœur a soutenu le plus rude combat

Sostenuto il mio core ha la più dura
Delle pugne; ed ha vinto. Eccomi or solo!
Deh riveduto il mio buon padre avessi!
Avessi almen dal suo labbro amoroso
Questa voce ascoltata : « Addio, mio figlio! »

PAR. (*Rotto il suo pensiero dalle ultime parole del*
figlio si avanza lentamente.)
Federigo!

STR.   Mio padre!... Onnipotenza
Divina! il padre mio!... Soccombo, o padre!
(*Cade al suolo e si avviticchia ai ginocchi del*
padre. Questi lo solleva.)

PAR. Rincorati, mio figlio, e il gran momento
Animosi aspettiam; nè d' un vulgare
Dolor questa suprema ora si turbi.
Nella seguente ti parà l' aspetto
Di Dio, che tutti or vuolei tuoi pensieri.

STR. O padre! di vedermi a tali estremi
Vi regge il cor?

PAR.   Presago il padre tuo
Da gran tempo ne fu. Nei lieti giorni
Del tuo splendor calar sulla tua fronte
Io vedea la sventura : ad ammonirti
Venni, e tu non mi udisti. Or t' ha percosso
Come, o figlio, io temea.

STR.   Per qual infame
Sentier mi spinge il mio nemico a morte!

PAR. Tutti i sentieri della morte al fonte
D' ogni gaudio conducono. Se muori
In questa fede rivivrai...

                       (*Pausa.*)

                Mio figlio,
Com' è l' anima tua?

STR.   Dall' odio, padre,
E dal desio di vendicarmi io sento
Pura l' anima mia.

PAR.   Tu dunque in pace
Sei col mondo, o mio figlio?

STR.   Il son.

PAR.   Nè smove
Dubbio alcun la tua fede?

STR.   Io credo in Dio,

et il en est sorti vainqueur. Me voilà seul. Oh si j'avais revu mon père ! si j'avais au moins entendu de ses lèvres pleines d'amour : « Adieu mon fils ! »

(*Comme réveillé par les dernières paroles de son fils, s'avance lentement.* Frédéric !

STR. Mon père ! Dieu puissant ! Mon père ! Je succombe.... [*Il tombe aux genoux de son père qu'il serre dans ses bras; le Pasteur le relève.*

PAST. Du courage, mon fils! attendons sans faiblesse l'instant suprême, et ne troublons pas cette heure solennelle par de vulgaires exclamations. Tu vas paraître devant l'Éternel qui seul, en ce moment, réclame toute ta pensée.

STR. Oh mon père! comment avez-vous pu trouver la force de me visiter à ma dernière heure?

PAST. Ton père avait prévu cette catastrophe depuis longtemps. Je voyais le malheur planer sur toi dans les plus beaux jours de ta puissance. Je vins te prévenir, et tu ne m'écoutas pas. Maintenant il te frappe, mon fils, comme je le redoutais.

STR. Tu ne sais pas par quels infâmes détours mes ennemis me conduisent à la mort.

PAST. Tous les sentiers qui conduisent à la mort nous mènent à la béatitude. Si tu meurs dans cette foi, ta mort est une résurrection. (*Une pause.*) Mon fils! quel est l'état de ton âme?

STR. Je sens, mon père, que toute haine, tout désir de vengeance s'est éteint en moi.

PAST. Tu quittes donc ce monde en paix avec toi-même?

STR. Parfaitement en paix.

PAST. Et aucun doute n'a ébranlé ta foi?

STR. Je crois en Dieu, à la vie éternelle, au par-

Nella eterna letizia e nel perdono
Delle mie colpe , cancellate ho speme,
Dal mio lungo martirio.

PAR.   E più non pensi
Al malnato amor tuo?

STR.   Ma quale amor
Voi chiamate malnato ?

PAR.   I tuoi pensieri
Non ha più la regina?

STR.   Io non lo posso
Negar. L' angelo fu della mia vita;
E l' immagine cara ho qui presente
Come il dolce presagio d' una eterna
Felicità. Con lei sono e saranno,
Fin che l' anima è stretta in questi nodi,
Tutti i pensieri del mio core. A voi,
Come a Dio da gran tempo, or lo confesso.

PAR. Chi libra i cuori umani a te perdoni;
E puro etereo spirto alla sua gloria
L' ali solleva.   (*Pausa. Spunta l'albore.*)

STR.   Un raggio il ciel mi manda!
Egli perdona! E pari al vincitore
Che nella ròcca superata incede
Per le abbattute insanguinate porte,
Io con alma esultante a Dio m' innalzo
Dal supplizio di morte. — Albeggia, o padre!
Al giudizio divino umile io porto
L' opra del viver mio : pure io n' aspetto
Dal mondo una mercede. In questo suolo,
Ove i semi gittai, mirabil messe
Matura occulta, e fiorirà; nè invano
Vissuto avrò, nè illuso il buon danese
Con bugiarde dottrine; e in breve i tempi
Lo mostreran. La tirannia conosce
Ciò ch' io volli piantar, ma col mio capo
La cagion non cadrà de' suoi terrori.
Coi re soltanto i popoli son forti,
E coi popoli i re.

     (*Si spalancano le porte. Guardie. Due Servi
      del giudizio, uno de' quali porta lo
      stemma del Conte. Un Sacerdote. Il Conte
      a tal vista vacilla. Pausa... Marcia fune-
      bre con tamburini appannati.*)

don de mes péchés, effacés, je l'espère, par mon long martyre.

PAST. Et tu ne penses plus à ton fatal amour?

STR. A quel amour donnez-vous ce titre, mon père?

PAST. La Reine n'est plus l'objet de tes pensées?

STR. Je ne puis le nier. Elle a été l'ange de ma vie, et son image est toujours là, sur mon cœur, comme un doux présage d'un bonheur éternel. Oui, elle est l'objet de toutes mes pensées, et elle le sera aussi longtemps qu'un souffle de mon âme errera sur mes lèvres. Mais je n'ai avoué cet amour qu'à Dieu et à vous, mon père.

PAST. Que celui qui juge les cœurs humains te pardonne, mon fils, et reçoive ton âme pure dans sa gloire. (*Une pause. Le jour commence à poindre.*)

STR. Le ciel m'envoie un de ses rayons en signe de pardon. Semblable au vainqueur qui se jette dans le château conquis à travers les portes ensanglantées, je me jette dans les bras de Dieu à travers l'horreur de mon supplice. Père, voici l'aube. Le jugement de mes actions appartient au tribunal de Dieu; cependant je compte aussi sur une récompense mondaine. En ce pays où j'ai semé les germes du progrès, une moisson admirable se développe en secret et elle fleurira. Ma vie n'aura pas été inutile. Le Danois ne sera pas longtemps la dupe de fausses doctrines, et il le prouvera bientôt. La tyrannie connaît l'arbre que j'ai voulu planter; mais, en faisant tomber ma tête, elle ne détruira pas la cause de ses terreurs. Les peuples ne peuvent prospérer qu'avec les rois, mais les rois ne trouvent de force que dans l'appui des peuples.

(*La grande porte s'ouvre à deux battants. Des Gardes, des Valets de justice, l'un desquels porte le blason du Comte. Un Prêtre. Le Comte à sa vue chancelle... Moment de silence. Marche funèbre avec les tambours recouverts de drap noir.*)

PAR. *Al figlio.*   Che hai, mio figlio?

STR. Nulla.

PAR.   Dunque ne andiam.

STR.   No, no, nol soffro!
Non mi dovete accompagnar. Lasciate
L' orribile proposto. Un' altra mano
Pietoso appoggio mi sarà. La vostra,
Padre, mi benedica.

PAR.   Abbi, o Signore,
Pietà del servo tuo! la sua languente
Virtù sostieni.
(Il figlio s' inginocchia, il padre gli pone la mano
sinistra sul capo e colla destra lo benedice.)
              Iddio sia teco, e forza
In quest' ora t' infonda; e come un giorno
Per te sofferse umanamente, inchini
Su te lo sguardo e in angelo converso
Nel suo regno ti accolga.
(Il Conte si leva, e padre e figlio si stringono
silenziosi fra le braccia.)
                 Io non ti lascio.

STR. No! separiamci.

PAR.   Il figlio mio tu sei,
La fiorente metà della mia vita
Il ciel mi chiede, e dovrò le mie labbra
Da lei staccar?... Ma va! tua madre parmi
Veder lassù!... Quell' anima ti aspetta...
Egli viene .. egli vien.... più non lo arresto...
(Stacca le braccia dal figlio e cade a terra svenuto.)

STR. Svenne! È mite, pietoso anche il dolore!
Velò le sue pupille, e non sarr..no
Contaminate dall' orribil vista.
O padre! Al tuo svegliarti io pur le luci
Alla vita aprirò. Corta e già presso
Al termine è la via.
(Le guardie circondano il Conte. La schiera
abbandona lentamente il palco scenico.)

PAR. *(Esce di deliquio.)*   Dov' è?
(Strepito lontano di tamburi, il Parroco alza
gli occhi.)
                    Nel cielo.

FINE.

PAST., *à Struensée.* Qu'as-tu, mon fils ?

STR. Rien.

PAST. Alors marchons.

STR. Non, non je ne le souffrirai pas. Désistez-vous de cette horrible mission. Une autre main me servira d'appui ; la vôtre ne doit s'élever que pour me bénir.

PAST. Dieu éternel, aie pitié de ton serviteur ! soutiens sa vertu défaillante. *(Le fils s'agenouille, le père lui pose la main gauche sur la tête et le bénit avec la droite.)* Que Dieu soit avec toi et te donne la force de supporter l'épreuve suprême; et de même qu'un jour il a souffert pour toi les douleurs humaines, qu'il et regarde en ce moment et te reçoive, ange épuré, dans sa demeure céleste. *(Le Comte se lève, le père et le fils restent un instant silencieux dans les bras l'un de l'autre.)*. Je ne te quitte pas.

STR. Non, séparons-nous.

PAST. Tu es mon fils bien aimé. Le ciel m'enlève avec toi la plus belle moitié de ma vie, et je m'arracherais à ce dernier embrassement? Je crois voir ta mère là-haut dans le ciel... Va... elle t'attend... Oui, ton fils te revient... je ne le retiens plus! *(Il détache ses bras de son fils et tombe évanoui).*

STR. Il s'est évanoui. La douleur est parfois d'un pieux secours! elle a fermé ses paupières... et lui épargne l'horrible vue... Père, à ton réveil, moi aussi j'ouvrirai les yeux à la vie éternelle... le trajet n'est pas long, le but n'est pas loin. *(Les Gardes entourent le Comte. La troupe quitte lentement la scène.)*

PAST, *revenant à lui.* Où est-il? *(Roulement lointain des tambours. Le pasteur lève les yeux.)* AU CIEL !

FIN.

www.ingramcontent.com/pod-product-compliance
Lightning Source LLC
Chambersburg PA
CBHW051144260626
47170CB00005B/1956